可能的生活

阿袁 著

河南文艺出版社
·郑州·

图书在版编目（CIP）数据

可能的生活／阿袁著. --郑州:河南文艺出版社,2025.2.
-- ISBN 978-7-5559-1783-0

Ⅰ.I247.5

中国国家版本馆 CIP 数据核字第 20257P87P4 号

策 划	杨 莉 熊 丰
责任编辑	熊 丰
责任校对	樊亚星
装帧设计	张 萌

出版发行	河南文艺出版社
社 址	郑州市郑东新区祥盛街 27 号 C 座 5 楼
承印单位	河南印之星印务有限公司
经销单位	新华书店
开 本	787 毫米 × 1092 毫米 1/32
印 张	6.25
字 数	107 000
版 次	2025 年 2 月第 1 版
印 次	2025 年 2 月第 1 次印刷
定 价	58.00 元

印厂地址 河南省新乡市平原示范区中原国印文创产业园 A6 号 101
邮政编码 453500 电话 0371-55658707

目 录

她其实不怎么喜欢看落日的,看了难过,那么灿烂过耀眼过的巨大光明,最后却成了一枚鸡蛋黄一样稀松平常的东西,这是不是世间所有事物的归宿? 或命定? 连那么伟大的太阳都不能幸免呢,何况草芥一样的细小生物。

>>

她那么多哲学的妙语,对周邶风而言,不过是给世界增添一点儿声色而已。和留声机意义一样,和房间里的花草植物意义一样。反应过来的胥教授就愤怒且轻蔑了。她看不起不自立的人,一个精神不自立的人,说到底不配做一个知识分子。

浮花 / *105*

巴黎的垃圾桶倒是清洁，可再清洁，也不能当风景看。

想到自己在国内时对 C12 的心旌摇荡，朱箔觉得好笑。

然而，这是她的老毛病——她总是向往远处的事物。等到近了，才发现其丑陋。

镜花

认识鄢丽，是因为费尔明娜。

费尔明娜是我的学生，严格地说，她也不算我的学生，只是旁听了我的一门课。她是孟教授介绍过来的。有一天，我们系的孟教授打来电话说，他的外甥女，在政府某机关工作的，特别爱好文学，想旁听中文系的课，他查了半天课表，觉得只有我的选修课文学作品选读对她比较合适，不知能否让他外甥女旁听这门课。

我当然想说"否"的，我的脑子又没有出毛病，怎么可能愿意让一个外人来旁听我的课呢？而且这外人还不是一般的外人，是孟教授的外甥女，孟教授可是我们学校的教务督导，专门监督老师们上课情况的。让他的外甥女来旁听课，那不等于在我的课堂上安插个卧底？我上课风格向来散漫的，喜欢跑野马，还喜欢文学八卦——我美其名曰"知人论世"。有时天气好，阳光明媚，我性情一起来，还会学苏格拉底，把学生带出教室，在外面草地上团团坐了，一边享受大好阳光，一边上课。因为这个，我被学校通报批评过的，系主任也找我谈过话，几乎痛心疾首地劝我别再搞什么苏格拉底式教学了。搞那些鬼名堂干吗？你就给我老老实实地待在教室里行不行？我每次都说行行行的，但说过了也就说过了，过些日子，我还是会"旧病复发"的，没办法，学生总怂恿我，而我这个人，又不怎么经得起他们怂恿，三下两下的，就把讲义一丢，呼啦啦把学生带出去了。我实在喜欢看学生们坐在阳光下的样子，不知为什么，他们在外面和在教室里的样子有点不一样，怎么个不一样法呢？用曹雪芹的比喻来说，是珍珠和死鱼眼睛的差别。他们在里面，是死鱼眼睛；可一到外面，就成珍珠了，一颗颗都很有光泽，耀眼得很。我在家这么形容的时候，老公听了好笑，什么珍珠？那是太阳的反光好不好？我老公是搞物理学的，根本不懂我这个文学老师在说什么。我也懒得和他多费口舌。反正我偶尔就要这样上一回课的，忍不住，而且我也心存侥幸，毕竟被督导捉到的概率是非常小的，我们学校大，大到三千多亩地呢，教室多，多到几百间，而督导们年纪又大了，腿脚也不利落，不可能总是轮到我倒霉。可如果我的班上有个督导的外甥女旁听，那概率就是百分百了。

　　我不明白，一个在政府机关工作的女人，为什么要听文学课呢？她可以去经济系听 MPA 课嘛，也可以去政治系听马列课嘛，为什么要来听我的文学课呢？吃饱了撑的吗？

但我是不能拒绝孟教授的。孟教授面子大，他不单是督导，还是我们人文学院教授委员会的主任呢，在我们学院可是个一言九鼎的人物，我这两年就要评副教授了，得罪了他，想当周素槐吗？周素槐是我们中文系的名人，学问好，课也讲得好，但述而不著，从不申报课题，也从不写论文，所以五十多了，一头白发，还是讲师。但据知情人士说，周素槐职称上不去的真正原因，是他和孟教授交恶。孟教授在私下里扬言，他要让周素槐当一辈子的老讲师。

我不想当周素槐第二，于是就只得让孟教授的外甥女来旁听我的课了。

孟教授的外甥女苏邺燕，也就是后来的费尔明娜，第一次来听我课的阵势把我吓了一跳，她竟然是带了司机来的。她在里面听课，司机就坐在教室外的车里等她。一个十分高大英俊的年轻人，从侧面看，有着很性感的鼻梁和喉结。他把车就停在窗外。只要往外看，就能看见他一动不动的侧脸，雕像一样。这让我十分恼火，中文系的女生多，一班三十二个人，只有五个男生，其余的，全是女生。这些女生豆蔻年华，正是怀春的年龄，而现在，春近在咫尺，女生哪禁得住？于是有一半都在偷瞄苏邺燕的司机，另一半，虽然看着我，但看我的眼神却缥缈得很，完全是心不在焉的状态。这样下去的话，我的课真是没法上了。

你能不能让你的司机把车开远一点？开到我学生看不到的地方？

我委婉地建议苏邺燕，至少我以为我是委婉的，但苏邺燕的表情一时间还是有些愕然。她后来告诉我，当时我的声气还是老师的声气，是近乎严厉的。这么多年，她已经很不习惯别人用这种声气和她说话了，事实上，已经没有人会这么对她说话了。所以听到一个比自己年轻的女人严厉的声音，让她一下子有些不适应，但很奇怪的是，她竟然觉得好，像是回到了过去，她做学生的时候，那时老师就是这样对她说话的，她差点儿就想哭了，她突然意识到她现在是学生，真是一个坐在课堂里的学生了！

苏邺燕后来再也没带过司机来上课，她自己开车来，一辆朱红色的 Volvo。

我其实是喜欢甲壳虫的，但我老公说 Volvo 更安全，是世界上安全系数最高的车，他非要给我买 Volvo，没办法，只好开这个了。苏邺燕抱怨说。

　　你知道吗？朱朱老师，我老公根本就不放心让我开车，他说我车技太烂，方向感又差，东西南北都不辨，会把自己开丢了。你说好笑不好笑？我也是这么大的人了，会弄丢自己吗？有一次就因为我稍稍和别人剐蹭了一下，他竟然禁止我开车了。我要到哪儿，他就让他的司机送我，讨厌得很。我抗议了许久，他就是不肯。这一回，我告诉他，说老师不让司机送，再送，就不要去听课了。他这才给我解了禁。他是很支持我来听课的。他这个人，很喜欢读书的，什么书都读过，什么《红楼梦》，什么《三国演义》，全读过的，渊博得很。他也鼓励我多读书，我本来也喜欢读书。我们夫妇俩，这方面还是志同道合的，和机关里的其他人可不一样。朱朱老师，你是不知道，机关生活真是很庸俗很庸俗的，那些人，在家不是搓麻将，就是上网。我们不这样。我和我老公，每天吃了晚饭之后就去李白湖散步，散步回来就看书，一人一盏灯，他看他的，我看我的。

　　苏邺燕喜欢说话。从学校到我家近一个小时的车程里，她几乎说个不停。苏邺燕现在接送我，我原来是坐公交车上下课的，先坐209路车，四站路，到苏圃路口转车，再坐245路，七站路。公交车上的人总是很多，我经常没有座位，一路站着。早上去学校时站站还行，那时我还精神饱满，等到上了三节课回家时，就不行了，我已经萎靡得很，再提了沉重的讲义包在公交车上摇摇晃晃的时候，真是要命。我个子不高，抓公交车上的吊环本来就吃力，车子有时突然一个急刹车，能把我抛出去，像抛萝卜一样。有一次，我站在公交车的中间部位，被抛下了两个台阶，摔到门把上，脸上被撞了个大包，淤青了好些日子。

所以，当苏邺燕提出要接送我的时候，出于自尊心，我婉辞了几句。婉辞的时候，苏邺燕说，朱朱老师，女人是不能久站的，站多了，小腿会静脉曲张。你见过女人静脉曲张吗？我朋友鄢丽就是，小腿上像趴了一堆紫色蚯蚓，别提多难看了。夏天都不能穿裙子，要穿也只能穿长裙，还要穿上黑丝袜保护着，铠甲一样，不然，风一吹，就败露了。听说她晚上睡觉都穿着黑丝袜的。你能想象吗？一个女人一天到晚都穿着黑丝袜。

不久后我就认识了鄢丽，不止她，还认识了苏邺燕的其他几个女友。苏邺燕搞了个读书会。她看了电影《简·奥斯汀读书会》后，受了启发，决定在大院里也组织一个这种高雅的活动。事实上，她之所以去旁听我的课，就是因为这个读书会。这个活动是她发起的，她是会长，所以每回读什么书，在读书会上要讨论什么主题，都要她定的。可读什么呢？苏邺燕需要我给些建议。她们读过《包法利夫人》，读过《安娜·卡列尼娜》，还读过《德伯家的苔丝》，这几本书都是苏邺燕老公推荐的，特别好，她们读了之后，很受教育。但她老公忙，非常非常忙，没有时间。所以，苏邺燕希望我能指导她们，甚至参加她们的读书会。

我听了不舒服。你老公忙，非常非常忙，我就不忙吗？我也很忙的。如果是以前我年轻的时候，我一定会沉了脸，这么对苏邺燕说。但现在我不会了，我已经不年轻了，虽然系主任还是经常把我当年轻老师用，可那"年轻"，是相对于系里那些头发花白的老教授而言的，也就是说，不是真的年轻，而是相对年轻；相对于那些豆蔻梢头二月初的学生，我已经老了。人一老，就世故，就庸俗。这是没办法的事。所以我没有这么任性地和苏邺燕说话，事实上，我什么也没说。本来每回下课后，我就唇干舌燥不想说话的，何况还是和苏邺燕这种机关里的女人，说什么？而苏邺燕正相反，简直滔滔不绝。我从来没见过这么爱说话的女人。

苏邺燕的老公，是个官员，这一点，苏邺燕是反复暗示了的，但具体在什么衙门，苏邺燕倒又闪烁其词不肯说了。我不知道她这是什么意思，怕我求她老公办事？她真是多虑了！我一个教书匠，和《击壤歌》里的那个老头一样，日出而作，日入而息，凿井而饮，耕田而食，帝力于我何有哉？倒是系里的孟教授，直接关系到我的命运——说命运或许有些夸张，但对一个普通大学老师来说，职称真是很重要的，我不能不勉力为之。勉力为之的结果，就是无论如何我都是要敷衍苏邺燕的读书会的。

苏邺燕说，她的读书会在机关大院里名气很大的，连主管文化的某领导在某次私宴上都表扬过了，说它是大院里的一种新气象，代表了一种高雅的文化生活。这相当于御批了。有了这句御批后，很多人更想加入进来，过一过这种领导都提倡的高雅的文化生活。但苏邺燕严格筛选，制定了许多入会条件。这是自然的。读书会又不是广场舞，哪能随便什么阿猫阿狗都能加入？要有相当的学历，要有相当的文学修养，还要有相当的文艺气质——这最后一条有人质疑，但苏邺燕十分坚持，腹有诗书气自华，苏东坡说过的。一个人气不华的话，那就说明她的腹没有诗书了。这一点，甚至苏邺燕的老公也赞成的——本来苏东坡的那句话，就是苏邺燕从他那儿"抄袭"来的，他经常引用苏东坡的这句诗来教育属下和苏邺燕的，苏邺燕倒也孺子可教，一下子就学会了。这样一来，读书会的名气更大了。

　　读书会就在苏邺燕家的客厅进行。这是自然，读书会也就是文学沙龙，而沙龙之意，不就是客厅的意思吗？苏邺燕专门查过字典的，沙龙，也就是 Salon，法语里是指较大的客厅。而苏邺燕家的客厅就大得很，有七八十平方米，连上花木扶疏的阳台，足足上百个平方米了，有一间教室那么大，还是一间十分阔气的教室。客厅里铺了漂亮的土耳其手工地毯，墙上挂了日本浮世绘图画，穿着华丽和服的女人的脸，白得像吸血鬼。这日本女人的脸真是大，那么大的一张脸上，却长着那么小的眼睛和那么小的嘴。嘴显然是有意画小的，和眉一样，画半截，看着真丑。但日本男人肯定是喜欢的，不然，女人也不会这样装扮。说到底，女人的样子还是男人决定的，男人喜欢小脚，女人就小脚了，男人喜欢半眉，女人就半眉了。那个人偶似的半眉女人下面，有个"之"字形木架，上面摆了一溜东西，琳琅满目的，有非洲木刻面具，还有好几个漂亮的玻璃制品。苏邺燕纠正我说，那不是玻璃，是琉璃，是她老公到意大利威尼斯出差时买回来的艺术品。威尼斯的琉璃艺术很有名的。她老公这个人，特别热爱艺术，每到一个地方，都要买当地的艺术品的。他到过的地方又多，他总说，行万里路，读万卷书。他说李白杜甫这些人，之所以能成为伟大的诗人，没有别的，就是因为到的地方多。她老公很喜欢李白杜甫的，但要论行万里路，她老公比李白杜甫那是强多了——李白杜甫那时候，没有飞机，只有船，坐船行万里路，多慢！所以行了一辈子，也没行出中国。而她老公，远不止行万里路，万万里都有了，也就是说，他读了万万卷书呢，因为他哪儿哪儿都去过了，包括《霍乱时期的爱情》的作者马尔克斯的家乡哥伦比亚。你看，这个葫芦雕刻就是他去年到哥伦比亚出差时买的。

《霍乱时期的爱情》是我推荐给读书会的成员们读的第一本书，本来，让她们一上来就读马尔克斯有些不合适，太猛了，就如一个初学武功者不练马步而直接练"九阴真经"一样，搞不好会走火入魔的。但我不管，我那几周正给我的学生讲魔幻现实主义和《百年孤独》呢，顺带着，我就让她们也读这个了。这样省事。不用再另外花时间备课了。这当然也是我对孟教授的一种消极反抗。我虽然投鼠忌器地参加了苏邺燕的读书会，但心里多少还是有些不情不愿的。所以我就以我的方式敷衍了，一种标准知识分子的软弱方式，但话我还是说得相当冠冕堂皇。我对她们说，我让她们读这本书的理由主要有两个：第一，这本书的作者马尔克斯，是一个非常著名的作家，读小说如果没有读过马尔克斯，就相当于用香水没用过香奈儿，穿内衣没穿过维多利亚的秘密，几乎是一个大笑话；第二，女人都要读这本书，因为它是一本爱情百科全书，是爱情圣经——女人不都是把爱情当宗教吗？作为信徒，经书总是不能不读的。

其实我说谎了。《霍乱时期的爱情》不是圣经，而是童话。至少我是把它当童话推荐给她们读的。一个男人，爱了一个女人五十一年，长达半个世纪。从锦瑟华年，到鸡皮鹤发。他七十七岁了，她七十三，小说里写到她的样子：她的肩膀布满皱纹，乳房耷拉着，肋骨被包在一层青蛙皮似的苍白而冰凉的皮肤里。就算已经这个样子了，他还是爱着她。这不是童话是什么？而且，这还不是《白雪公主》那样的幼稚童话，而是叶芝和杜拉斯的那种骨灰级童话。《当你老了》写道，我爱你衰老了的脸上痛苦的皱纹，杜拉斯呢，在《情人》的结尾，让那个中国情人对白发苍苍的女主人公说，他爱她，他将至死爱着她。爱情在这种童话里，像服了丹药一样长生了。四十多岁的女人——听苏邺燕说，读书会里的几个女人，年龄都在四十岁以上——是需要童话来安慰的，所以，我让她们读这本书，除有敷衍之意外，还有一种人道关怀和励志的意思。

她们果然被安慰了，尤其苏邺燕，唏嘘不已。她大段大段地读着书里描写爱情的段落。读弗洛伦蒂诺和费尔明娜的初识，读弗洛伦蒂诺那犹如得了霍乱一样的相思病，读他们最后的花好月圆。苏邺燕读得很好，她普通话十分标准，字正腔圆，又声情并茂——后来鄢丽告诉我，苏邺燕以前在地方电视台做过主持人的，她就是在一次采访中认识她老公的。太伟大了！太伟大了！五十一年九个月零四天，五十一年九个月零四天哪！世上还有这样忠贞不渝的爱情。苏邺燕如痴如醉。

不渝吗？鄢丽质疑，六百二十二个女人还不算渝的话，那怎么才算渝呢？

我注意到，读书会的几个女人，基本都是唯苏邺燕马首是瞻的，不论苏邺燕说什么，她们差不多都附和。不知出于什么原因。有可能她们没有好好读这本书，毕竟一本四百多页的书在两周之内读完不是件容易的事情，所以只好人云亦云，滥竽充数。我的学生就经常耍这种小花招，她们总是说，我和前面同学的观点相同，然后鹦鹉学舌般地把前面同学的观点重复一遍。其实她们压根没读呢。我是知道的。戳破她们是很容易的事情，只要问书中的一个细节问题，比如，弗尔明娜的丈夫乌尔比诺医生是怎么死的？或者，书中的鹦鹉会讲哪几种语言？她们立刻就傻眼了。但我一般不戳破她们，女生面皮薄，伤不起的。你伤一回她，她能记恨你一辈子。但读书会的女人们也有可能是另外一种情况，那就是她们想附和苏邺燕，用附和来谄媚。看苏邶燕颐指气使、一枝独秀的做派，她老公的官衔似乎不小。

我呢，在这儿虽然算是老师的身份，但其实也不是她们真正的老师，所以也不多说话的。何苦来呢，和她们。

这样一来，读书会基本就是苏邶燕的独角戏了。

只有鄢丽会冷不丁地对苏邶燕唱一句反调。非常有意思。

几个女人都饶有意味地看着我——是看戏的表情。当然，她们或许也迷惑，为什么小说里的男主人公，在已经和六百二十二个形形色色的女人上过床之后，竟然还能理直气壮地对女主人公费尔明娜说，我是处子之身。

这是小说最诡辩的地方，每回在课堂上和学生讨论这本书的时候，同学们也会把争论的焦点高度集中到这个问题上，为什么弗洛伦蒂诺在放荡一生后，还能以童贞加冕自己？这个男人是不是太恬不知耻了？

我本来应该从头讲起的。讲中国传统的道德观和爱情观，讲中西文化对身体认知的差异性，讲性在不同文化背景下的不同意义。如果在我的课堂上，我是要长篇大论的。但现在我懒得讲那么多，没必要。我化繁为简地说，他的意思是，他在精神上一直忠贞于她。也就是说，他在精神上还是处子。

我的话，让苏邶燕听了十分激动。她显然喜欢精神忠贞的说法。是的，身体的背叛不说明什么，身体的忠贞也不说明什么，只有精神才是重要的。精神的忠贞才是升华了的忠贞，是高级忠贞。读书会的气氛在这种理论指导下变得热烈起来，可以说如火如荼。几个女人都很积极地发表自己的看法，不是就这本书，或者就马尔克斯，而是就精神忠贞这个话题。关于这个话题她们还是可以充分展开讨论的。她们叽叽喳喳，七嘴八舌，近乎亢奋。苏郏燕的脸，已经云蒸霞蔚，呈酡红色，有一种少见的鲜艳。她的脸平日虽然看上去也是鲜艳的，但那鲜艳，是胭脂的作用，这点我还是看得出来的。她或许以为我看不出来，总是夸耀自己的气色，总是谈养生。

朱朱老师，女人和花草一样，是讲究养的，不好好养就会干枯。你看你的脸色，太苍白了，没有血色，需要好好调理呢。

朱朱老师，你不能只会读书，还要会煲汤。男人都爱会煲汤的女人。山药枸杞汤，红枣燕窝汤，雪蛤木瓜汤。这些汤滋阴，养颜，要每天换着喝的。特别是雪蛤木瓜，朱朱老师，你要多吃。

为什么我要多吃呢？我好奇，但我不问，我一如既往地笑笑，等苏郏燕自己说，她反正习惯自说自话的。

果然，几秒钟之后，她说了，木瓜是丰胸的。她一边说，一边睃我的胸。

什么意思？说我的胸小？我不笑了。这个女人实在有点过分了。我和她之间的关系，应该还没有熟络到可以谈论彼此的身体吧？

但对爱说话的苏郉燕来说，语言几乎是没有禁忌的。她只要打开了话匣子，那就如坏了的留声机，会一直咿咿哦哦不停的。

也就是那次之后，苏郉燕让大家叫她费尔明娜，至少在读书会上叫她费尔明娜。这是我的学名，朱朱老师，你让我们读的这本书太好了，太有意义了，我要以此向马尔克斯致敬！向他创造出的那种伟大的爱情致敬！

鄢丽和苏郉燕不同。苏郉燕大剌剌的，张扬得很，那架势，像王熙凤在大观园；而鄢丽身上，有一种阴柔幽暗的气质，像墙角里的植物一样。不知为什么，我一向对后者总是更有好感的，所以当鄢丽在读书会后说要和我找个地方坐一坐的时候，我稍微犹豫了一下，就答应了。

鄢丽的样子看上去很文艺，至少上半身看上去很文艺，长长的直发中分，着一件靛青色棉麻连衣裙，白皙的脖子上，挂了块黛绿色玉玦，那玉玦用朱红色丝绳穿了，真是好看，又古朴又风雅——如果不是那双黑丝袜煞风景的话，她整个人，就像是从《诗经》、"乐府"里走出来的，但现在，她有些不伦不类了，上半身仿佛是《诗经》、"乐府"，下半身呢，因为那双黑丝袜，又是明清风月小曲儿了——女人的衣裳，本来是有身份标志性的。苏邺燕之前说，又不是妓女，穿什么黑丝袜？这话听上去虽有些恶毒，但还是有点道理的。

我当然知道鄢丽穿黑丝袜是因为"寡人有疾"。但她对这疾也未免太防卫过当了，棉麻裙又不是丝绸，风能吹得动？南方三四月的风，都温柔，最多不过风摆杨柳而已，不可能出现《敕勒歌》里"风吹草低见牛羊"的场面，更不可能像岑参笔下的狂野北风，"轮台九月风夜吼，一川碎石大如斗，随风满地石乱走"。再说，就算风吹裙开，又有什么要紧，也不过是腿上露出几条紫色的蚯蚓，一种病理现象罢了，不至于要把黑丝袜当铠甲般穿着。苏邺燕甚至说，你哪天看看鄢丽的手提包，那里面从来都有一双黑丝袜的，以防丝袜挂破了，可以随时换。

也是一个奇怪的女人！

我觉得，鄢丽有点紧张，这也是我为什么会答应和她一起再坐一坐的另一个原因。多年的教师职业生涯，使我对这一类紧张是非常熟悉的。学生——特别是家境不好的男生和长相不好的女生，在我面前的表现经常会这样的，他们总有一些不自然，要么语言表达不流畅，要么耳垂和眼睑变得通红，要么会有一些下意识的小动作，不断去抻自己的衣裳或梳自己前额的刘海，而且，都不怎么敢看我。鄢丽就这样，她一直用拇指和食指捻弄自己脖子上的那块玉玦，一直看着自己的茶杯，那就是一个简单的广口玻璃方茶杯而已，实在没什么好看的，她之所以把眼光落在那儿，不过是像无枝可栖的鸟儿一样，仓皇间找个地方存身而已。这让我心软，我内心几乎真的生出一种老师的情感。虽然苏邺燕一口一个朱朱老师叫我。她似乎很乐意和我保持师生关系，很乐意自己的学生身份。但我没有办法把苏邺燕当作我的学生，她太自以为是了，太放肆了，她的谦虚是做出来的谦虚，某种程度上来说，那种谦虚甚至有降贵纡尊和玩弄我的意味，我知道的。但鄢丽不同，鄢丽表现出的紧张，是一种真正的谦虚品质。这是一个对自己和对世界都感到不安的女人。属于蚌一样的女人，虽然外面看着坚硬得很，但其实是软体。我等着她张开。用一种几乎循循善诱的微笑。多年的老师当下来，我是知道如何和学生相处的。果然，也没用我那样微笑多久，鄢丽就开口了。

你知道苏邺燕为什么要取名费尔明娜吗？

这个话题一开始，我感觉鄢丽突然松弛下来了，之前的紧张不翼而飞，她的情绪里甚至有某种风雷暗蓄般的兴奋，那兴奋，怎么说呢，有一种格调不高的东西，类似于张爱玲笔下大户人家的丫鬟，在后厢房里议论主子隐私时的快乐。无聊且粗鄙，我是不喜欢这样的。按说，这时我应该约束一下鄢丽，换个话题，或者收一收我脸上怂恿的微笑，但我没有。不知为什么，鄢丽对苏邺燕的恶意，在某种程度上，其实迎合了我内心，谁叫苏邺燕是孟教授的外甥女呢？谁叫孟教授是我们学校的权要呢？这真是曲折幽微且无聊的抗争。那又怎样？终归聊胜于无。我自己这样安慰自己。况且，鄢丽现在也已经按捺不住了，女人说话，也如男人的情欲，到了一定关口，都有箭在弦上不得不发的势头。

是因为苏邺燕的老公，她老公就是弗洛伦蒂诺。鄢丽说。

什么意思？

苏邺燕的老公，风流，一直在外面有女人的，没断过，那些女人的数目，虽然和弗洛伦蒂诺的六百二十二个比起来，是小巫见大巫，但明里暗里的，加起来，也应该不少了，大院里的人都知道的。当年苏邺燕为此轰轰烈烈地闹过几次离婚，后来就不闹了，不但不闹了，两个人还唱起了恩恩爱爱的黄梅戏，动不动就一起绕了大院那条林荫路散个步，有时还一起挽了胳膊逛超市呢,《天仙配》一样。其实,谁都知道,不过是因为她老公做副部长了——可能还要做部长呢,苏邺燕权衡利弊之后,成战略同盟了。

鄢丽慢声细语的,说着苏邺燕的事。

天气好的时候,读书会就放在苏邺燕家的阳台上进行了。苏邺燕家的阳台,和别家的不一样,别家的阳台都是封闭的,防盗,也防别人窥探的眼光,而苏邺燕家的阳台是全开放的,连玻璃都没有。我老公喜欢自然,他说,万物生长靠太阳,人和植物一样的,经过阳光雨露的花木总是更茂盛苗壮。你看我家的植物,是不是长得比隔壁家的更好?苏邺燕问我。

这倒是,苏邺燕家的花草确实看着比别家长得更好,花更红,叶更绿。

鄢丽说,大院里的人,经常能看见苏邺燕和她老公,站在这花红叶绿中,早晨一起浇水,晚上一起赏月。那风景,委实好看。

甚至读书会,也是好看的风景。好看得像莫奈的画。几个锦衣华服的女人,坐在敞开的阳台上,一人面前一本书,一杯茶。

苏邺燕家的茶也很好看,棘红色,盛在玲珑剔透的白色茶杯里，像琥珀。我是没见过琥珀的，但我觉得琥珀就应该是这个样子。兰陵美酒郁金香，玉碗盛来琥珀光。李白在诗里描写过的。苏邺燕说，这是顶好的紫芽普洱，叫紫娟。我几乎要笑出来，叫什么紫娟呢？一个丫鬟的名字，不怕把这种顶好的茶叶叫贱了？苏邺燕家的茶，论身份，至少也要叫黛玉或宝钗的，或者干脆叫元春，才配得上。果然，苏邺燕说，这种紫芽茶，从前是贡品呢，采自西双版纳的勐宋，海拔两千多米的地方，茶树的年代也古老得很，在千年以上，里面的花青素，不仅可以减肥，还可以防衰老呢。我又想笑了，还可以防衰老？那是茶吗，怎么听着像是《西游记》里王母娘娘园子里的蟠桃，三千年开花，三千年结果，人吃一个，就长生不老了。

鄢丽也在笑，一边笑，一边低头用手玩弄桌上的茶叶罐，那茶叶罐，样子拙得很，像小学生的手工，但花纹奇特，一如鬼面，有一种非洲原始部落的神秘气息。想必又是苏邺燕老公读万卷书行万里路时在非洲买来的，和"之"字形架子上的那些非洲木刻面具一起。但鄢丽说不是。那就是南美的东西，南美也是这种神秘魔幻的风格。鄢丽还说不是。鄢丽说，这是花梨木呢，应该是降香黄花梨，海南的，费尔明娜，是不是？鄢丽转脸问苏邺燕。

鄢丽自第一次读书会后，一直就叫苏邺燕为费尔明娜的。

我知道鄢丽这样称呼是在讽刺苏邺燕呢，但苏邺燕似乎没听出来，还很高兴地答应着。

朱朱，你问问费尔明娜这个茶叶罐多少钱。阳台上只剩下我们两人时，鄢丽小声说。

为什么？

你就问一句。

费尔明娜，你这个茶叶罐多少钱？

我果然问了。在鄢丽用眼色朝我示意之后。我不知鄢丽在搞什么名堂，但我也好奇，忍不住就问了，反正问问茶叶罐多少钱也不伤大雅吧？可苏邺燕好像没听见。但怎么可能没听见呢？我的声音大得很。做老师十几年，早养成了大声说话的毛病，每次一开腔，都好像在阶梯教室里上课一样。习惯了。像张爱玲笔下大户人家的丫鬟，最喜欢鬼鬼祟祟地咬耳朵，即使可以大声说话时，她们还是要窃窃私语。没办法，也是习惯了。可我这种阶梯教室上课的声音，苏邺燕愣是没听见。

她"王顾左右"地说，朱朱老师，你尝尝这个，我家保姆自己烤的，我家保姆烤曲奇的手艺可是顶好的。

我只好尝一块，苏邺燕家的饼干，果然是顶好的，至少比超市或学校门口那些面包店里的好。

那些饼干，都有一种可疑的工业味道，苏邺燕说。

那是，外面买的曲奇哪能吃？都加了防腐剂的，吃多了，说不定就成埃及木乃伊了。大家于是又开始七嘴八舌讨论曲奇了，以及由曲奇繁衍开来的其他食物。

读书会后来总是这样的。像一碗上海小饭堂里卖的肉丝浇头面，每回小说只是上面那细若游丝的浇头，接下来的内容，和小说无关了。我无所谓的。反正我来了，坐到这儿了，在孟教授那儿，就算交差了。她们呢，我发现也并不真的想讨论小说，也并不真的想听我讲课，她们不过要读书会这个形式罢了。挂羊头，卖狗肉呢。说起来是高雅的读书会，其实呢，不过是一群无聊的中年妇女的无聊聚会，和弄堂里那些家庭妇女扎堆没两样的。虽然这些女人看上去华丽得很，而且会把饼干叫作曲奇。

这也好，与其和她们对牛弹琴讨论文学，不如谈谈曲奇或其他食物呢。

鄢丽又朝我使眼色了。这一回我假装没看见。我不喜欢鄢丽在大家面前——尤其在苏邺燕面前，有意表现得和我的关系更亲密，我不想得罪苏邺燕的，我之所以牺牲我的时间到这儿来陪她们附庸风雅，不就是要迂回曲折地巴结孟教授吗？鄢丽和苏邯燕的关系明显不好，我如果和鄢丽太近了，苏邯燕能高兴？我可是她请来的，也就是说，我应该是她的人。虽然这么说，于我是有些屈辱的，我知道，苏邯燕也知道的，所以苏邯燕对我一直十分有礼貌，而我，一直用清高的态度来撇清我的难堪处境，但事实就是如此，我不承认也不行。我说过，我不年轻了，社会上那些人情世故我也是懂的。我的清高就如苏邯燕的胭脂。苏邯燕的鲜艳是假的，我的清高也是假的。所以，当了苏邯燕的面，我是不会回应鄢丽的。女人都善妒，你可以不和她好，但你不能和别人好。一和别人好，就完了，恩断情绝。我辛辛苦苦坐到苏邯燕家的阳台上，辛辛苦苦地陪几个饱食终日的女人玩风雅，不能因为鄢丽的一个眼色，就前功尽弃了。

但背了苏邯燕，我又和鄢丽一起喝茶了。

我道貌岸然地坐在那儿，听鄢丽说苏邯燕的事，这让我心情愉快。

你知道苏邯燕家那个茶叶罐多少钱吗？

多少钱？

至少上万。

我不信。一个小小的茶叶罐？

所以苏邯燕才不敢回答呢。不信，你下次再问她家沙发上的老绣枕多少钱？她家的青花釉里红多少钱？她家玄关那儿的木几多少钱？她一样也不会告诉你的。她不敢。

有什么不敢？

鄢丽笑而不言了。

我突然反应过来了。我这个人，有时反应真是很慢的。

这么说来，苏邶燕也有苏邶燕的痛苦。锦衣夜行的痛苦。苏邶燕应该是不喜欢锦衣夜行的女人。她遍身绮罗呢，凤冠霞帔，件件要抖擞给别人看的。所以要挽了老公的手在大院里散步，所以要让阳台敞开——阳台敞开，才能晒满满一箱子的锦衣呀，但有的锦衣竟是不能晒的，比如亵衣，再华丽，也要捂在箱底。我几乎要笑出声来，想到苏邶燕那欲说不能说的样子。

费尔明娜，你家的老绣枕多少钱？

费尔明娜，你家的青花釉里红多少钱？

费尔明娜，你家玄关那儿的木几多少钱？

这近乎调戏了！挠苏邶燕胳肢窝的痒痒呢，苏邶燕会不会因为一个憋不住，突然把她的亵衣露出来？

一开始，苏邶燕其实说过要付我讲课费的事。我没答应。我有我的考虑，或者说算计——一旦拿了讲课费，那么我和苏邺燕也就两清了，和苏邺燕两清也就意味着和孟教授两清。可我不想和孟教授两清。我想孟教授欠我这个人情。这才是我参加读书会的初衷。

苏邺燕倒也没有坚持，但她后来隔段日子会送我一些东西，比如燕窝，她说是她老公在马来西亚出差时买的。我没见过燕窝，更没吃过燕窝，但《红楼梦》里几次三番写过的。黛玉咳嗽了，观音菩萨一样大度的宝钗，就打发老妈子给她送了燕窝，让熬冰糖燕窝粥喝。苏邺燕还送过我冬虫夏草——看上去，也就是秋冬的枯枝败叶，但装在金黄色的缎盒里，就煞有其事了，很有沐猴而冠的意思。苏邺燕说，这东西滋阴壮阳呢——说到壮阳两个字时，她的语气有些狎昵，我不悦。很想说一句，你还是留着吧，你部长老公不是更需要吗？这话我当然没有说出口，太刻薄，特别是后半句，只能作腹语了。其实，苏邺燕送的这些东西，我真是不想收的，都是些华而不实的玩意儿，对我一点用处没有——我又没得肺痨，要喝冰糖燕窝粥干什么？但苏邺燕的礼物我拒绝不了，她有让你不能拒绝的本事。送礼本来是多么别扭的一件事情，可人家做起来，一点不别扭，自然而然得很，犹如苏轼喝酒之后做文章，行云流水，回风舞雪。仿佛我若不收下，倒扭捏了，倒小气了。

　　而且，最让我恼火的是，在我收了这些之后，苏邨燕又会不断暗示这些礼物的昂贵。朱朱老师，那些燕窝吃了吗？我老公说了，那可是官燕，燕窝里的极品。"福膳房"的花旗参燕窝羹，一小盅就要五百多呢，还是毛燕，燕窝里的下等品，也可能连毛燕都不是呢，就是用鸡蛋清和淀粉掺和掺和弄的。

　　朱朱老师，那个冬虫夏草怎么样？用它泡酒男人喝了顶有效的，我的一个女友——你也认识的，就是我们读书会的，我不说出是谁了，说了不好，因为涉及人家的闺房隐私呢。她老公原来已经半阳痿了，但喝了几个月这种药酒后，就厉害了，按她的原话——是绕指柔化百炼钢了，朱朱老师，你家的那位，百炼钢了吗？

　　我无语。对苏邨燕。不单是因为她言语的失礼，还有被她算计了的恼羞成怒，按她这么说，现在她不但不欠我的，而成我欠她的了。

　　五百块一小盅的燕窝羹呢，她送给我一盒子官燕，算算能做多少盅燕窝羹？

　　我差点儿想把这些东西还回去，或者转送给孟教授，而且把苏邨燕的话也一并转送。那样的事情，想想，真是舒畅的，但也就是想想而已，这种事情还是不能做的，太失礼了！

　　没办法，我只能倒欠苏邨燕的了。

鄢丽也试图送我东西的。我不知那是什么，包装在一个十分精美的袋子里。因为苏邺燕的前车之鉴，我疾言厉色地拒绝了。鄢丽可能没想到我反应如此激烈，一时间面红耳赤，像考试作弊被抓的学生一样，讪讪地说，只是两盒花粉，只是两盒花粉。

我不管那是什么。反正我再也不想听"一小盅就要五百多"之类的话了。

我还是习惯校园里的路数，逢年过节的，学生到家里坐坐，送些老家带过来的特产，笋衣，冬酒，熏肉——那些熏肉黑乎乎的，但加了大蒜和干红辣椒炒，香得要命。我喜欢这样朴素的礼物，又实用又没有道德的压力。孔子不也收学生的腊肉吗，那是"束脩"，没什么的。我吃了喝了，嘴一抹，依然把自己当两袖清风的先生。

那之后，有段日子，鄢丽就有意远着我了。她虽然还来参加读书会，但每回都不发言，更不会偷偷对我使眼色了。偶尔我看她，她就低了头假装看手里的书，或转了脸，看别处。

这个穿黑丝袜的女人，真是过犹不及。和人近时，近到让人不安；和人远时，又远到让人不安。

明明也是四十多岁的女人了，怎么还不会和人得体地相处？

后来还是我主动向鄢丽示好。城门失火，殃及池鱼，我把在苏邺燕那儿受的气，撒到了鄢丽的身上。人家都当一回池鱼了，我多少总要表示表示安抚之意的。这是我欠她的。想想也好笑，因为收了苏邺燕的礼物，我欠苏邺燕的；又因为拒绝鄢丽的礼物，我又欠鄢丽的了。

这些大院里的女人，真是难缠。

我以一种近乎温柔的语气连续两次向鄢丽提问。那天我们讨论的书是朱天心的《初夏荷花时期的爱情》。这本书的书名虽然美得很，却是个悲伤的小说，把中年夫妇的爱情写得触目惊心。台湾作家张大春说，这不是爱情小说，而是他这辈子看过的最恐怖的小说。我本来不该推荐她们读这种书的，太应景了，中年女人读中年女人写的爱情，有不能承受之凄凉悲伤。但苏邺燕太爱炫耀她的爱情了，几乎在每句话里都要带上她老公，"我老公"三个字，像镶嵌在她嘴巴里的大金牙，动不动就要露一下，金光闪烁的，让人生厌。我实在想借刀杀人，用朱天心的残酷描写来打击苏邺燕，和其他几个中年女人。这些养尊处优的女人需要被打击。但不知她们是没认真看这本书，还是压根没看懂这本书，她们几个人的情绪，一如既往的高昂，一点儿也没有沮丧的意思。我觉得不可理喻。我读这本书之后，可是伤感了很长时间的，当时甚至有不能卒读之悲，至今想起来，也还心有余悸。我才三十几岁呢，离小说里五十八岁的中年妇人还有段距离，但我都会兔死狐悲。而咫尺之遥的苏邶燕，竟然赞美起荷花爱情来了。我老公说，荷花爱情好哇，出淤泥而不染，濯清涟而不妖，中通外直，不蔓不枝。

其他几个人，也纷纷附和。是呀，是呀，我也喜欢荷花呢，桃花虽然好看，但喜欢的人太多了，俗，我不喜欢俗的花。

是呀，是呀，我也不喜欢桃花，我家的保姆就叫桃花呢，她还有个姐姐叫桃红。

是呀，是呀，还是荷花美——说到荷花爱情，你们不知道，我是七月生的，七月十五，正是荷花盛开的季节，所以每年七月的时候，我老公都会送我荷花呢。

是吗？那么你们的爱情是荷花爱情了？

天哪！天哪！太浪漫了！

她们啪啪啪地鼓起掌来。

这是哪儿跟哪儿呀，我哭笑不得。

我本来以为她们看了这小说会如丧考妣的，或者悲愤交加，没想到，气氛竟是如此喜庆，洞房花烛一样。

鄢丽，你谈谈对初夏荷花爱情的理解。

鄢丽坐在边上，一副落落寡合的样子。可能她没想到我会提问她，脸上的表情一时有些茫然。

你觉得朱天心想在这小说里讲什么？

你说讲什么？

她反问我。

那次之后，我和鄢丽的关系又回到了以前——或者比以前更亲近了，至少对鄢丽而言是那样的。我觉得，鄢丽对我几乎生出一种缠绵之意来了，她总是尽可能地拖延我们见面的时间。本来只是约了一起看个花而已，她说李白湖边的几株梨花开了，特别繁密，特别美。我们去看梨花怎么样？我们于是一起去看了梨花。看过梨花之后，她又建议一起吃饭。我们一起去"渔味"吃饭怎么样？那儿的卤水白鱼做得很不错的。她小心翼翼地问，生怕我拒绝似的。

我于是又和她一起去吃卤水白鱼了。卤水白鱼果然做得好，配一碟韭菜炒螺蛳，一大钵热气蒸腾的野生菊苣菌菇汤，十分绵密地愉悦了我的感官。在这种愉悦下，我之前的不快——那种被鄢丽的软弱所要挟带来的小小不快，一时间化为乌有。我甚至在心里对鄢丽生出几分感激来了，如果不是她，我可能就在家里吃西红柿炒蛋和拌黄瓜，或者西红柿鸡蛋面条对付一餐了。我老公只会做这种极简主义的饭菜给我吃，我呢，礼尚往来，也只会做这种极简主义的饭菜给他吃。虽然我们两个人其实也都有口腹之欲——应该说这种口腹之欲因为长期被压抑可能比别人更为强烈，可两个人都不愿为之付出更复杂的劳动，这一点，我们倒是惺惺相惜，从不抱怨对方。己所不欲，勿施于人嘛。我们夫妇都具有儒家的这种美德。没办法，只好因陋就简了。可有时也委屈也怀疑，人一辈子，总共能吃多少餐呢？一餐一餐老这么陋简的话，对自己的口腹，是不是有点太不负责任了？

所以，和鄢丽出来吃卤水白鱼，也算是对自己的口腹负责任了一回。

可鄢丽几乎不吃，她目光灼灼地，沉浸在另一种愉悦里。

那个愉悦是和我探讨爱情。最初是泛泛地谈，从小说里的爱情说起的，弗洛伦蒂诺的精神忠贞是不是一种伪忠贞？在朱天心的荷花爱情里，男荷花已经尸位素餐，女荷花应该怎么办？怎么办？后来呢，就具体了，具体到某个男人。

我没料到鄢丽会和我说她的隐私。我和她的关系，应该没亲密到这个程度的。我还是习惯她和我谈小说，谈抽象意义的爱情，谈苏耶燕——后来鄢丽已经不怎么谈苏耶燕了，她似乎对苏耶燕失去了兴趣，即使偶然谈到，也是三言两语的，基本不展开。有一次，她说到苏耶燕家的保姆，说苏耶燕用那么年轻漂亮的保姆，也是毒招。我好奇得不得了，指望她接着说。但鄢丽停了下来，小口小口地抿起茶来。她总是这样的。鄢丽的说，和苏耶燕的说，风格不同。苏耶燕的说，那是大江东去，滔滔不绝；而鄢丽的说，会断断续续，欲言又止。怎么是毒招呢？我恨不得这么问一句，当然没问，在她们面前，怎么说我的身份也是老师，我还是要端一端老师的架子的，不能对这种格调低下的话题表现出明显的兴趣。我只能等着，脸上愈加做出一副云淡风轻的表情。

要是以前，我一定等得到。鄢丽虽然慢声细语，虽然半句半句地说，但最后，她还是会言无不尽的，甚至言得枝繁叶茂。她其实是擅用工笔的人，一笔一画的，很细致，很耐心。不像苏耶燕。苏耶燕虽然说那么多，那么快，却是泼墨似的写意。像齐白石笔下的白菜，虽然看上去也是白菜，可和菜市场那些真正的白菜，是两码事。

但鄢丽又不说苏耶燕了，她现在的言说热情，转向了自己。女人一揽镜自照，就没个完了，何况这镜里，还有个男人。

这男人不是鄢丽的老公，鄢丽和他，是一对偷情的男女。

我真是吓了一跳，当鄢丽告诉我这个时。

男人姓沈，鄢丽一直称他为沈。沈什么，鄢丽不说，都在一个城市呢，说得太清楚了，不好。

沈是个有妇之夫，第一次见面，是他到她们单位来作讲座。她还记得讲座的题目——《文章写作方法》，沈在出版社工作，以前写过东西的。

沈的风度很好，瘦长，清俊，眼睛看人时，又倦怠又温存。

整个讲座时，他也就看了她一眼，她当时坐得离他有点远，她觉得他其实没有看清她的。

讲座后是招待饭局，在一家私人会所，那家会所的素菜做得好，据说沈是个喜欢吃素的男人。领导也叫了她——是客气一句，因为这种饭局她一向不去的，但那天她却去了，领导有点吃惊。领导真正要叫的，是办公室另一个叫鲍荔荔的女人，鲍荔荔年轻妩媚，声音糯，一开腔，男人就受不了的。

饭间沈和她也没说几句话。在领导的要求下，她敬了沈一杯酒，沈也回敬了一杯，回敬时，他还是那样看了她一眼，又倦怠又温存。

他们交换了名片，这也没有什么，大家都交换了的。

她对他自然是有好感的，他的黑衬衣，他略微有些沙哑的嗓子，他对鲍荔荔的无动于衷。一桌男人都对鲍荔荔嘻嘻哈哈，大献殷勤，只有他，一直彬彬有礼地保持距离。

之后她也有几次想起过沈，很清淡地想起。

她没想到沈会给她打电话的。那时已经是一个月后了，她差不多都忘了他。

第一次他们在电话里只是寒暄，他问她好不好，在做什么——她当时正在喂猫食，她养了一只猫，特挑食，只爱吃煎鲈鱼。这也是她惯出来的毛病，它原来什么都吃，鲫鱼、草鱼，甚至蛤蜊拌饭，都能吃得很香，但它吃过一次煎鲈鱼之后，就再也不肯吃其他了。想想也好笑，一只猫，原来也是"由俭入奢易，由奢入俭难"。

除了寒暄，沈其实没说什么。但她一个人，站在暮色四合的阳台上，心跳了许久。

沈后来隔上两天就打来一个电话，他们聊猫，聊书，聊电影，甚至和英国人一样，聊天气。有时什么也不聊，就让电话空着，她在电话这头，他在电话那头。她几乎能听见他的喘息。

再后来，沈就每天打电话了，他说他想她。

她也想他，想得不行。

他们约了见面——到这时候，他们只能见面了。

为了避人耳目，他们去了附近的一个小城，是沈提议的。沈说，小城有温泉旅馆，在房间里就可以泡温泉的——他倒是直接，好像他们一起住旅馆是当然的事情。

旅馆的浴袍真是好看，蓝灰色竖条纹，大开襟，是和服的样式，她喜欢。

还有沈抱她的方式，他从背后抱她。他看不见她的脸，她也看不见他的脸，她喜欢这样。他们虽然在电话里已经很亲密了，有时甚至很炽热，但其实，也还是陌生人。

鄢丽一直说，一直说。灯光下，鄢丽的脸，流光溢彩，几乎有潋滟之态了。我突然发现，这种时候鄢丽真是显得年轻，不像四十多岁的女人，而像二十几岁了。

我细细地吃着白鱼，白鱼刺多，尤其尾巴和鱼鳍那儿，小刺密集，要一根一根地剔。但我爱吃鱼尾巴，因为那部分的肉特别嫩，鱼的身体也就尾巴活动最频繁了，日夜游弋，还要交配。我把一整条卤水白鱼都吃净了，包括用来衬盘的香菜叶子和胡萝卜丝，也被我有一筷子没一筷子地挑进了嘴里，可鄢丽还迷醉在她的叙述中。

有一回读书会是放在鄢丽家弄的，是苏邺燕提出来的。

苏邺燕说她家客厅的墙纸要换，工人会过来施工，到时乱糟糟的，没法弄读书会了。我本来想要停一次的，又不是学校的计划课，也没有督导监督，何必搞得那么严格。但还没等我开口呢，苏邺燕就说，鄢丽，要不下周放你家？

鄢丽似乎有点不愿意，其他几个女人纷纷表示，可以放到她们家去弄。有一个叫杜拉斯的女人——她本名当然不叫杜拉斯，只是因为在读书会上听我讲了杜拉斯以及她的《情人》之后，十分喜欢，于是也学苏邺燕，给自己取了个杜拉斯的学名。杜拉斯十分热切地说，放我家吧，放我家吧，去看看我家妹妹。妹妹是她家的母狗，据她说长得比女人还妩媚好看，她老公对它宠得不得了。妹妹最近正发情呢，只要她老公一回家，它就会跳到他身上去磨蹭，有意思得很。但苏邺燕就是不肯，坚持要放到鄢丽家。

我当时觉得莫名其妙，也反感——苏邺燕这个女人，是不是有点越俎代庖了？

但后来我明白了苏邺燕坚持这么做的意图。她反客为主地带我参观了鄢丽家，书房、客房甚至主卧。和富丽堂皇、花团锦簇的苏邺燕家相比，鄢丽家确实朴素了，朴素到近乎简陋。鄢丽也是大院里的家属，按说经济不是问题。那么，这是鄢丽的家庭生活态度？我开始以为苏邺燕是想用鄢丽家的朴素，来反衬她家的华丽，像左拉《陪衬人》里那些巴黎上流社会女人用的手法一样，找个丑女人，来反衬自己的美，或不丑。

但苏邶燕不是，至少这一回她意不在此。

朱朱老师，你注意到鄢丽家的客房没有？那天苏邶燕又来旁听，下课后，她问我。

鄢丽家的客房？我没事去注意鄢丽家的客房干什么？我没作声，等苏邶燕自问自答。

她老公的睡衣挂在客房门后的衣架上呢！

我一时没明白苏邶燕在说什么。

鄢丽和她老公，分房睡呢。

我恍然大悟。苏邶燕坚持要把读书会放鄢丽家，并且反客为主地带我参加鄢丽家的卧室，用心原来在这儿。

我有点不明白鄢丽为什么要参加这个读书会，很明显的，她和苏邶燕关系不好。两人虽然没有图穷匕见，但相处的方式，差不多是绵里藏针了，这一针一针地刺来刺去，不伤吗？

苏邶燕的逻辑，我倒是懂的。鄢丽是正宗北师大中文系毕业生呢，而其他几个女人，包括苏邶燕自己，虽然也自称读了大学的，可读的是什么大学呢？一问，都闪烁其词语焉不详的。估计和《围城》里方鸿渐的克莱登差不多，都属于子虚乌有。所以苏邺燕要把鄢丽拉拢进来，给她的读书会撑场子呢。

可鄢丽为什么呢？

我试探着问鄢丽。鄢丽又捻弄她的玉玦了，捻半天，然后说，朱朱，你一个人——待过吗？

这也是鄢丽说话的风格之一，也不管别人，兀自说自己的——这一点，倒是和苏邺燕异曲同工。虽然苏邺燕是嘈嘈切切急促地说，而鄢丽是幽咽凝绝半句半句地说。

一个人，站在高处或水边，你有没有，有没有，想跳下去的时候？

我有时，一个人，站在阳台上，往下看，阳光照在树叶上，一闪一闪地发亮，看着看着，我总有——往下跳的冲动。

夜里，天气好的时候，我也会，到李白湖那儿，走一走，那些高楼的万家灯火，照在湖面上，波光粼粼的，像另一个繁华世界，我看着看着，也总想——往下跳。

后来我都不怎么敢，去阳台和李白湖了。

一个人待着，真是危险，说不定会做出什么事的。

怎么会呢？我听得毛骨悚然。这就是鄢丽参加读书会的原因？怕自个儿待着？

　　只是，她为什么总是一个人？一个人去李白湖，一个人站在阳台上。

　　她不是也有老公吗？和苏郏燕一样。苏郏燕和她老公比翼双飞，两个人坐在灯下看书，两个人去李白湖散步，两个人站在阳台上侍弄花草。鄢丽的老公呢？

　　难不成和《初夏荷花时期的爱情》里的那个老公那样，在尸位素餐吗？

　　所以她会很执拗地问我，男荷花已经尸位素餐，女荷花怎么办？怎么办？

　　和沈偷情，就是女荷花鄢丽想出来的办法？

　　我现在几乎要躲着鄢丽了。鄢丽愈来愈频繁地约我。周一约了周三约，周三约了周五再约。最初我是有约必应的。因为鄢丽那过分小心的语气，那语气仿佛一件青花瓷器，似乎我稍一不慎，就能让它粉身碎骨。我实在不忍心。这个穿着黑丝袜的女人总让我的内心生出某种怜惜之意，不知为什么，女人和女人之间的感情有时也是莫名其妙的。鄢丽现在其实容光焕发，她和沈的爱情正春风得意，热得很，热烈到一日不见，如隔三秋。当然，他们不可能日日见面的，她是有夫之妇，他是有妇之夫，他们一星期也就只能见上一两次。每周二是他们固定见面的日子，那天他老婆的单位有例会——关键是他那边，她这边倒是无所谓的，反正她在不在家，她老公都注意不到的。她老公是一个部门的副处长，一个不怎么重要的部门，是政治失意之后被贬谪到那儿的，像屈原被贬沅湘，苏东坡被贬黄州——反正他自己是这么比喻的，他也确实像屈原一样喜欢用香草美人明志。他把书房当他的沅湘呢，在里面种满了兰和菊，各种各样的兰花和菊花。只要在家，他基本就待在书房，陪那些兰呀菊呀的。虽然他们当年也有过爱情的，应该说也有过很好的爱情，为了看她一眼，他可以大冬天在她的窗外站上几个小时。但现在，她就在他面前杵着，他却懒得看了。她不是不理解，结婚二十几年的夫妻了，可能都是这个样子的。可她时不时地还是会愤怒，甚至感到羞辱。他倒是没有别的女人，和苏邺燕的老公那样，一直花红柳绿春意盎然的。他的身边，清冷得很，有一种数九寒天的肃杀。有时逼急了，她甚至想过，她情愿要一个苏邺燕那样的老公。至少那个男人因为外面有女人，对苏邺燕有愧疚，所以对苏邺燕也会百般安抚。不像她的老公，什么事也没有，可以心安理得地冷落她。

好在有沈。

她真是喜欢沈爱抚她的方式。他会一遍一遍地用手摩挲她的头发，她的耳垂，她的背脊骨——她背脊那儿一年四季都是冰凉的，中医说她体虚，身子寒，要注意保暖，所以即使盛夏，她也穿长袜子呢，寒从脚起嘛。他的手掌，特别大，特别温暖，总是把她冰凉的背，摩挲得发热。

他是温文尔雅的男人，说话或笑，春花秋月般和煦，但做那事的时候，却疯狂得很，野蛮得很，变了一个人似的，银瓶乍破水浆迸，铁骑突出刀枪鸣，她简直招架不了他。

有一次，他们站在旅馆的阳台上看落日，阳台上方有葡萄架，是七月，应该是长葡萄的季节。但奇怪的是，葡萄藤上面竟然一个葡萄也没结，只长了很茂盛的葡萄叶，他们就站在这茂盛的葡萄叶下看落日。她其实不怎么喜欢看落日的，看了难过，那么灿烂过耀眼过的巨大光明，最后却成了一枚鸡蛋黄一样稀松平常的东西，这是不是世间所有事物的归宿？或命定？连那么伟大的太阳都不能幸免呢，何况草芥一样的细小生物。但她还是站在那儿陪他看。他没说话，脸上有一种苍茫遥远的神情。她以为他正物我皆忘呢。没想到，他突然要要她，就在阳台上。她不肯，死命地挣扎。就算有茂盛的葡萄藤和葡萄叶遮挡，下面的人可能看不清他们在做什么，可隔壁的房间也住了人呢，一男一女，她有时能听见他们有意压低的说话声，万一他们突然走出来，怎么办？两个阳台之间只隔了一个木栏杆，形同虚设的。他却不管不顾，掀起她蓝灰色的浴袍，把她抵在栏杆上，站着就做了。

我咳嗽，拼命地干咳。鄢丽实在太过分了。之前她说起沈，还有一种古典的含蓄，是《关雎》里"寤寐思服"的情境，现在呢，简直走《金瓶梅》的路线了，还葡萄架下，她以为他们是西门庆和潘金莲吗？

虽然我们不是"非礼勿听，非礼勿言"的君子，但两个女人——还是名义上有师生关系的两个女人，面对面地谈性事，到底尴尬。我只能咳嗽、喝水，再起身上洗手间。

等我从洗手间回来，鄢丽又面若桃花地接着说了。她真是忍不住。她可能太想沈了，一周只能见一两次面，对耽溺其中的她来说，远远不够，几乎是杯水车薪。所以她要和我说沈，借说，来实现和沈某种意味上的幽期密约，古老的招魂术一样。这有些诡异，或者说变态，但沦陷在情欲中的女人，不可能是正常的。不论以何种形式，总要想方设法和男人在一起。和福克纳《献给艾米丽的一朵玫瑰花》里的艾米丽一样。当然，和艾米丽那种把男人毒死也要留在身边的变态程度比起来，鄢丽的办法，还算是正常的。

而且，她也只能和我说吧？在单位，在大院，在苏邝燕她们那儿，她就是再想说，恐怕也只能憋着的。

但我不想听鄢丽说了。我也不是一个闲人，学校的事那么多，家里的事那么多，我怎么可能花那么多时间去听一个没完没了的无聊的通俗外遇故事呢。她和沈见面了。她和沈又见面了。她和沈怎样了，她和沈又怎样了。就算弗洛伊德说，窥淫是人类的本能，可过犹不及，窥多了，也实在让人烦不胜烦。

鄢丽却欲罢不能，她显然已经有瘾了。朱朱，今天上午，有空吗？鄢丽问。

不好意思，上午要去系里，有点事，我说。

那下午呢？她又问，然后屏息般地等我的回答。

我能清楚地感觉到她的紧张，仿佛我是一只栖在树叶上的蝴蝶，她的声气稍微大一点，就能把我惊飞了。

下午也有事。我坚决地说。

我的心肠现在也硬了，不硬是不行的，我后来意识到。鄢丽就像某种水草，那种长在深水下面淤泥里的紫黑色水草，又细长又凌乱，一旦把人缠住，就很难脱身了。

鄢丽于是不打电话了，但第二天我到楼下物业去取快递的时候，竟然看见鄢丽了。鄢丽坐在我们小区花圃边的木椅上，她说，她的一个远房姑妈，就住在我们小区，她刚从姑妈家出来，看到花圃里的剑麻开花了，白色小铃铛似的，实在喜欢，就坐下来看了一会儿，没想到，正好遇到朱朱了。

鄢丽的姑妈也住这个小区，怎么之前没听她说过？我有些狐疑。本来想问问她的姑妈是谁，我们小区不大，住的都是师大的老师，其中有不少是我认识的。但话到唇边，我还是没问。

我陪鄢丽在楼下坐了，怎么说人家也到了家门口，基本的礼数还是要的。而且，鄢丽的眼神太殷切了。虽然在电话里，我可以做得更决绝一些，但当着穿黑丝袜的鄢丽的面，有些事情我还是做不出来。我一边看剑麻花，一边又听她讲和沈的约会，讲沈这一回是如何爱她的——她总有法子绕到那儿去的，百川归海，反正不管从哪儿开始，抵达的都是沈。我已经习惯了。

我本来打算礼节性地坐一小会儿就回家了，但我一直起不了身。鄢丽的话，总藕断丝连，我简直找不到一丝空隙。结果，这一坐，又是小半天。

后来隔三岔五地，我就会在楼下遇到一回鄢丽的，既然她姑妈住这个小区，她到这儿来就有充分的理由了。有人送了一篓螃蟹，我不爱吃那东西，嫌凉，给姑妈送几只过来，她解释说。或者，姑妈的女儿从上海回来了，她要我过来，一起吃个饭呢。

没想到，又遇到朱朱了。每回鄢丽都这么说。

我被她搞得不怎么敢下楼了。有拿快递或其他事情，我就差使老公。老公四体不勤，被差使多了，就很不高兴。他推己及人地以为，我不愿意下楼，也是因为四体不勤呢。我懒得和他说鄢丽，说不清楚的，对一个搞物理的男人来说，理解鄢丽这种女人，可能比理解爱因斯坦要困难。

我也迷惑，鄢丽为什么不去沈的小区守沈呢，像《邶风》里的那个女人一样，"静女其姝，俟我于城隅，爱而不见，搔首踟蹰"。躲在某个隅，偷偷看一眼沈，不比到我们小区来守株待兔般等我强？毕竟她爱上的是沈，不是我。

一个周二下午，我和老公去"天幕"看电影，老公本来不喜欢出门的，但那天他心情好，天气也好，就被我游说去了。他这个人，虽然有时会表现出"下愚不移"的品质——"下愚"是我的说法，他自己是说自己"上智不移"的，但其实，如果我方法得当的话，有时也能移一移他的。我那天打算看许鞍华的《黄金时代》的，我喜欢许鞍华，也喜欢萧红，但到了"天幕"，老公非要看宁浩的《心花路放》，我想他是被海报上那女人的双腿诱惑了，于是以毒攻毒地说，你知道演萧红的那个女演员是谁吗？老公不知道，他连萧红都不知道呢，更不知道演萧红的女演员。汤唯！那个《色戒》里演王佳芝的。这下老公知道了，他是看过李安的《色戒》的。但知道了的老公更不肯看《黄金时代》了，仿佛为了明志般。没办法，他又下愚不移了。我们只好各看各的，他在二号放映室看《心花路放》，我在三号放映室看《黄金时代》。

三号放映室稀稀拉拉地坐了几个人，大多形单影只的，和我一样。我是在偶然一瞥里看见我斜前方的那个背影的。那个背影有点眼熟，非常特别。本来，影院里的身姿，都软，不论男女，都是蒲柳，柔若无骨地靠着恋人，或靠着椅子。但那个背影，又直又硬，孤零零的，广寒宫里的月桂一样，看着让人无端觉得寂寞。我认出那是鄢丽。鄢丽的背影就是这个样子的。但周二下午不是她和沈约会的日子吗？怎么一个人来看电影了呢？

出放映室时我有意放慢脚步。果然是鄢丽，穿着她的靛青色裙和黑丝袜，有点仓皇的样子，想必她还在电影的情绪里吧。我没有上前招呼，我躲她还来不及呢，不可能上前招呼。

但那个周五我们就见面了。周五我没课，我上菜市场买菜，回来就在小区门口遇到鄢丽了。她说她姑妈想吃大院里的枣泥黑蛋糕了，她送点过来。

和以往一样，我们又坐在小区的剑麻花前了。其实，就算不是鄢丽，每次从菜市场回来的时候，我也喜欢坐在小区的木椅上歇一歇脚的。小区下面上午总是没什么人，很安静，一个人，坐在木椅上，有花看看花，没花看看树叶，或什么也不看，仰了头，闭了眼，任阳光从树叶间斑驳地洒在脸上。有一两声鸟鸣，从头顶传来，很妩媚地。那样的时光总让我恍惚，以为天地是不老的，我也是不老的。

但鄢丽坐在身边呢，我听不成那种妩媚的鸟叫了，只能听鄢丽说话。

这一回鄢丽是从苏邺燕说起的。鄢丽说，苏邺燕打了她家小保姆一巴掌。

为什么？

不知道。——她家小保姆，长得太好看了。

是好看，笑起来，芙蓉花开一样。

所以，苏邺燕的老公一下班就回家呢。

那苏邺燕，为什么不辞了这个小保姆呢？

谁知道。或许苏邺燕觉得，把芙蓉花养在家里，总比养在外面好。至少，把老公笼络在家里看花了。

我听得汗毛顿竖。这故事，远比朱天心的《初夏荷花时期的爱情》惊悚呢！

鄢丽却不说苏耶燕了。

她说沈。

这是自然，百川归海，不管从哪儿开始，反正鄢丽最后要说的，还是沈。我已经习惯了。

这个周二下午，我和沈去"天幕"看电影了。

许鞍华的《黄金时代》。

沈这个人，有时真是很烦人的，电影三个小时呢，三个小时里，他一直都扣着我的手，汗黏黏的，他也不嫌热。

他还在我耳边说，这就叫执子之手与子偕老呢。

看完电影后，我们去吃了粥，在浮生记——你知道浮生记吗，在城北，一家新开的粥馆，那儿的小菜很精致的。冬瓜丝青翠得像绿玉一样，葱香酒酿芸豆也不错，又粉糯，又香甜，朱朱，要不我们今天就去浮生记吃粥？

这实在诡异了。周二那天我明明看见鄢丽是一个人的，从头到尾都是一个人，一个人笔直地坐着，一个人有几分仓皇地出来。身边哪里有什么执子之手的沈呢？

难不成沈是鬼？只有鄢丽看得见，别人看不见？

可这个世界上，会有鬼吗？

我突然明白过来，或许从来就没有沈的。那个《文章写作方法》的报告，那个温泉旅馆的蓝灰色浴袍，那个执子之手与子偕老的耳语，都只是鄢丽的绮念而已！绮念而已！

我一时悲从中来。

鄢丽还在那儿说着，眼波流转，面若桃花，戏台上的小旦一样。

烟花

应该从哪儿说起呢?

从孔雀蓝绿色的披肩以及蕾丝手套开始吧。

那天天气不好,我记得,风把教学楼前的几株樱树吹得瑟瑟发抖,十月的樱树真是没法看的,叶子的颜色丑且不说——像张爱玲笔下的旧衣裳,那种碎牛肉的黯红,还稀稀拉拉的,生了疮的瘌痢头一样。想起它们三月时新妇般葱茏之美,不免就有了"树犹如此人何以堪"的感叹。

其实我没见过这几株樱树三月开花的样子。我是新调来的老师,之前和先生在另一个城市的大学当老师,当了十几年了,一直都挺好的。可有一天他突然说不能在那个城市生活下去了。为什么?我惊讶。因为鱼,他再也不能吃那个城市的鱼了。那个城市在北方内陆,没有江湖,吃的鱼都是超市里的冷冻鱼,翻了白眼的。吃起来一股子尸味,他说。他想吃南方的鱼了。特别是一种叫翘嘴白的鱼,南方小江小河小溪里生长的。卤水翘嘴白，清蒸翘嘴白，红烧翘嘴白——放些笋衣或苦楮豆腐进去烧，起锅时再放小米椒、豆豉和葱白，简直不能想，一想，就要流口水，哪怕正上着课呢。所以他必须调到南方某大学去，不然，上课时上着上着，突然流起了口水，这怎么可以？一个教授，怎么可以在课堂上流口水？那不是要闹大笑话？所以他必须调到江南去，必须！他煞有介事地强调。我不信。一个搞物理学研究的教授，也不是《世说新语》里的人物，会因为鱼而生出迁徙之心？我猜想他有别的原因，是什么呢？他不说，男人有男人的难言之隐。没办法，我只能"嫁鸡随鸡"地跟他来到了这个大学。谁叫我的学问不如他呢？在一对大学夫妇之间，当然是谁的学问好谁说了算。

这也是我为什么会在这种天气这种时候还站在教学楼门口和一群年轻老师一起等校车。下午第七、八节的课，老师们都不爱上。教务员一般都把这个时间段排给年轻老师，或者不怎么重要的课程——我的古典文学作品欣赏就属于不怎么重要的选修课。

"虞老师，怎么办呢？专业核心课其他老师都上着呢，暂时也没有合适的课。要不，您先上公共选修课？"教研室主任客气地问我。

我初来乍到，能说什么？上呗。

那个女人是在外语楼上来的。上来后她没有和其他人一样，刷了校园卡就随人流往车厢后鱼贯而入然后找个空位子坐下，而是非常夺目地在车门口处站定了——说非常夺目，是因为她身上的颜色。她手上拎的讲义包，胳膊上的披肩，还有她的手套，都是绿色的：讲义包是松绿色，披肩是孔雀绿色，手套是翠绿色。这层层叠叠的绿，使她看上去十分古怪，像一棵圣诞树。尤其手套。不过十月，南方还没到戴手套的季节呢，这女人却戴了手套——一双有蕾丝花边的镂空绒布手套。

车子已经开动了，但女人仍然在车门口站着，眼光像探照灯一样，从前往后，又从后往前，把车上的人来来回回照了两遍，仿佛在寻觅某个人一样，又仿佛不是，因为最后她看上去没有一点失落意味地一步三摇到了我身边，轻声轻气地问："我能坐这儿吗？"

空位置上放了我的讲义包，我面无表情拿了过来，搁自己膝上。

我不知道她为什么要坐我身边，车上明明空得很，她完全可以坐我的前排。前排的两个位置上一个人也没有，她可以一个位置坐，一个位置放讲义包。老师们都这样的。

"这天气，有点凉了呢。"女人坐下来后，清了清嗓子说。

她在搭讪。

我"嗯"一声，算作答了。我不想说话。在大阶梯教室两节课上下来，我唇干舌燥，嗓子里烟熏火燎般，实在没有和一个戴绿手套的陌生女人聊天的兴致和精神。

"看样子，明天会下雨吧？"

我又"嗯"了一声。

女人安静了几分钟，想必也察觉了我的冷淡。我不管。转脸看窗外，窗外已是暮色苍茫，远处是江，更远处还是江，"日暮乡关何处是，烟波江上使人愁"，行走在江边的车，像船，让人无端生出颠簸摇荡之伤感。

"您是哪个系的？以前好像没见过？"女人不甘心似的，又开口了。

我不能"嗯"了。这是疑问句，单单用语气词是敷衍不了的。

"中文系。"我咕哝道。

"My God，我们两个系是邻居吧！我是外语系的，周邶风，《诗经》里'邶风'的邶风。"

她伸出手，我有些惊讶于这个陌生女人的一惊一乍和完全没有必要的热烈，但还是很别扭地握了握那只伸过来的戴着绿手套的手。

那手微微地弯曲着，样子有点像要啄食的鹦鹉的喙。

我和周邶风就这样认识了。

我们都住老校区，她住桂苑，我住木槿苑，两苑比邻，只隔了一堵灰白围墙。围墙一边是几十株密实的桂树，和一条几百米长的迤逦青砖小径；一边是几十株木槿树，和一条商业街。说是街，其实也就十来家小店铺，卖生鲜水果，卖斋肠粉，卖椒盐芝麻烧饼。那卖椒盐芝麻烧饼的山东老妇每次见到我，都笑成一朵金丝菊，因为我老买她家的椒盐芝麻烧饼。每次一买就是十个，吃完了，又去买十个，络绎不绝。先生受不了。他早上喜欢喝粥，配一碟小菜，随便什么小菜——豆干雪里蕻也可，腌萝卜也可，青椒毛豆也可。他一一列举，多能将就似的。但我偏不弄。我已经因为他想吃翘嘴白鱼而调到这三流学校来上选修课了，难不成还要鸡鸣即起给他煮粥弄小菜？想得美！"也可""也可"谁不会说？我也会呢。馄饨也可，面条也可，水饺也可，他倒是弄给我吃呀！

和周邶风遇到后的第三天，也许是第四天，我记不太清了，反正是我又一次去商业街买椒盐芝麻烧饼时，被她叫住了。

"虞老师，虞老师。"

　　我吓一跳。声音尖细突兀，是那种没有准备的声音，像小孩子迷路了突然看见自己家人而发出的变了形的惊喜交加的声音。

　　这一次是蓝色。黛蓝色的披肩，靛蓝色的长裙，紫蓝色的狗——那只狗也穿了一件紫蓝色小背心，和周邶风身上一模一样的。一个蓝色的人，一只蓝色的狗，并排站在美发店门口。

　　周邶风招手让我过去。

　　"虞老师，你说我烫梨花头怎么样？"她问我。

　　"梨花头？什么梨花头？"我莫名其妙。

　　"就是这个。"她翻了画册指给我看。

　　"嗯——挺好的。"

　　"可小白师傅说烟花烫更适合我。"

　　穿黑衬衣卡其哈伦裤的小白师傅正躬了身子给一个女人修发尾呢，听了周邶风的话，扭过头来说："周老师气质好，又时尚，烫烟花肯定拉风。"

　　"你说呢？你说呢？"周邶风绯红了脸问我。

　　"什么是烟花烫？"

　　"就是这个，这个。"周邶风又翻了画册指给我看。

　　一个首如飞蓬的黑嘴唇女人在纸上抬了下巴作两眼迷茫

状。

天哪！这样的发式，怕也只有街头流莺喜欢吧？

或者女艺术家。像写《你好，忧愁》的萨冈那样年轻不羁的。光着腿，穿长长的男式白衬衣，一边虚无颓废着，一边天真放荡着。

而周邶风这样的年纪，这样的身份，怎么可以？

"怎么样？"周邶风又问。

"嗯，这个，我不太懂的。"我客气地笑笑，转身要走。

周邶风也要走。

"小白，小白，我下次来哦。"

但她没有回桂苑，而是跟着我，到我家"看看"了。

之后我总在木槿苑的商业街遇到周邶风。

她在生鲜店，在花店，在斋肠粉店，甚至苑门口的配钥匙店和修鞋的摊子。她似乎很喜欢在那些地方盘桓。那些小店主一边料理生意——反正也不在繁华街上，生意总是不忙的——一边和她聊天。

聊什么呢？一个大学老师，和那些卖生鲜卖斋肠粉的人。

不是我势利，像我先生批评的那样。但人与人说话，难道不需要共鸣？鸟都要呢，所以才有"关关雎鸠，在河之洲"，才有"嘤其鸣矣，求其友声"。

而鸡同鸭讲对牛弹琴，有意思？

有一次我听到她和我家钟点工顾姨聊天。

"顾姨，柚子皮你是怎么腌的？这么好吃。"

"要用水多泡几天，这样去涩味。"

"泡几天呢？"

"三四天吧。要看柚子皮的厚薄，有些柚子皮薄些，三天就可以了，有些柚子皮厚些，就要四五天了。中间要换几次水，拧干，再拌上生抽大蒜小米椒白糖就可以了。"

"还要放白糖？"

"这看个人口味。以前我也不放的，后来在四栋的陈师母家做事的时候，她让我帮着一起腌柚子皮。陈师母是上海人，食性偏甜，所以腌柚子皮什么的，都作兴放几匙蜂蜜。当时我还纳闷，这又咸又甜的，能吃？但做好后一尝，味道挺好，吃起来糯软了许多。后来我就学会了。不过，我不用蜂蜜，我用白糖，蜂蜜太贵。"

"顾姨，我家里有蜂蜜，下次给你拿点。"

"不用不用，那么贵的东西。"

"有什么贵的，别人送的。"

"那怎么好意思，怎么好意思。"

"好意思的，顾姨——不然，你给我一罐腌柚子皮？我们换着吃。"

"那也行。"

她们聊得自然而然，简直有"醉里吴音相媚好"之意了。

顾姨一星期才来我家一次，和我都不怎么熟呢，但周邶风却可以"顾姨顾姨"叫得如此亲切。

这是周邶风的本事。不是所有的人都能和不同阶层的人自在相处的。苏东坡说他"吾上可陪玉皇大帝，下可陪卑田院乞儿"，我不能。好像伍尔夫也不能。伍尔夫每次和她家保姆说话都会紧张不安。我虽不至于紧张，但每回顾姨来我家时，我确实也颇拘谨的。我们之间的对话一直十分简单，顾姨来时，我说"来了？"她"嗯"一声；顾姨走时，她说"走了"，我"嗯"一声。再往下，就不知说什么好了。但周邶风可以没完没了。"顾姨，你今天气色真好！""顾姨，你这根簪子的颜色真好看。"

顾姨就抿了嘴笑。她在我面前从来不怎么笑的。她喜欢周邶风远甚于我。

我对周邶风简直钦佩了。毕竟，能和钟点工两情相悦的人，不多。尤其在这风气清高的高校，女老师们哪个不是目无下尘的林黛玉？或者降贵纡尊的薛宝钗——那种做出来的周到。像周邶风这种对"下尘"货真价实的好，已经不多了。

我和周邶风的交往，因此密切了起来。

有时我也去桂苑找找周邶风了。来而不往非礼也。而且，比起木槿苑来，我其实更喜欢桂苑。

桂苑是教授楼，里面住的人，除了保姆，基本都是老教授，按周邶风的说法，"平均年龄都在五十五岁以上了"。人老了，就没有喧嚣的旺盛精力，所以桂苑比木槿苑安静。我喜欢到安静的桂苑里那条迤逦的青砖小径散步，也喜欢坐在小径旁的木椅上闻桂花香。

一个人，坐在树下，看看书，看看树叶和空空的天，看看偶尔走过的白头发教授夫妇的背影。

但和周邶风坐在一起，安静不成了。周邶风有话癖。什么话到了她这儿，都自带根须，能繁衍，能生长。

"刚刚过去的那个老头，是历史系的吴寅。"

"别看他现在这个样子，当年可是师大的风流人物。"

"师大的女生，至少有一半是他的 fans 呢。"

"每回吴寅去学校礼堂做讲座，吴师母都要前去压阵的——她目光炯炯坐在礼堂一侧，以防那些春心盎然的女生。"

"因为这个，吴师母得了一个绰号，秃头猫头鹰。"

"吴师母头发少。"

周邶风一句又一句，连绵不绝。

而且是窃窃私语，好像我们关系多亲密似的。

"不知为什么，第一次看到你，就有一见如故的感觉。"

周邶风不止一次这么说。

什么意思？难道那天在空荡荡的校车上她非要坐我身边的原因是"满堂兮美人，忽独与余兮目成"？

我有点难为情。我实在不习惯这样过分亲密的。别说和一个交往不久的女人，就是爱人之间，我也更喜欢夏目漱石那种把"我爱你"说成"今夜月亮很好"的含蓄表白方式。

但周邶风的主动示好，还是让我颇受用。毕竟我在这个城市这个大学，还没有一个称得上朋友的人呢。一个中年女人，即使是我这种习惯独处的中年女人，完全没有朋友也是不行的。

"这是桔梗，这是野生蜂蜜，每天喝一杯桔梗蜂蜜茶对嗓子有好处的。"

周邶风告诉我，她先生是食品工程学院的院长，所以家里总有人送野生蜂蜜之类东西的。

"虞，去苏圃路的菜市场吗？那儿有野生翘嘴白卖呢。"

"虞，去后街吃羊肉面吗？"

"虞，去鄱阳湖看鸟和蓼子花吗？这个季节鄱阳湖飞来了好多候鸟呢。蓼子花也开了，粉紫粉紫的，铺天盖地呢。"

周邶风的建议我总是没法拒绝，她知道我喜欢什么。

所以，不过一个来月，在外人看来，周邶风和我就形影不离了。

有一回，我和同事汤牡丽一起去教务处领试卷，在门口遇到了周邶风。

周邶风依然一惊一乍，好像我们在教务处遇到是件多么不容易的事情。

她热情地招呼我，又招呼汤牡丽。

汤牡丽的反应却是淡淡的。

"你们认识？"

周邶风走后，我问。

"算认识吧。"

"算认识？"我狐疑。

"师大有谁不认识'首尾呼应'呢？"汤牡丽笑得几乎诡异了。

我愈发狐疑了："她不是周邶风吗？怎么成'首尾呼应'了？"

"大家都这么叫她。"

"为什么？"

"你看看她衣裳的颜色。"

她衣裳的颜色？她衣裳的颜色怎么了？除了反学院的鲜艳，有点舞台风——可那和"首尾呼应"有什么关系？

但突然间，我反应过来了。

周邝风衣裳的颜色确实很有特点——它们都是扎堆的，至少成双成对，也就是说——首尾呼应。

她身上从来没有哪种颜色是单枪匹马出现的。蓝裙子，配蓝披肩；绿裙子，配绿披肩。如果没有，哪怕用发夹、用手镯、用腰带，也要遥相呼应一下。

好像颜色也胆小，会怕鬼似的。

不是我有意打听，但有关周邝风的事——历史的和现在的——还是天女散花般传到我这里来。

她是广外毕业的，一开始在研究生院上课，上英美文学，后来就没上了。有学生到教务处告状，说她上课总跑题，喜欢在课堂上东扯西扯拉家常，明明讲莎士比亚，讲着讲着她能讲半天她家的狗，她家的狗叫 Gatsby。Gatsby 怎么怎么聪明，怎么怎么洁身自好，不但知道自己上厕所自己用爪子摁旋钮冲水，还知道不在外面和其他母狗乱搞。

从莎士比亚，到狗，也不知她如何起承转合的。

学生们意见很大。他们到学校读研究生，是来求学的，不是来听老师拉家常的。听拉家常在家里听就行了，在弄堂里听就行了——每个家里都有一个家庭妇女的，每个弄堂里有更多的家庭妇女。他们何必辛辛苦苦考研究生呢？他们何必浪费大好青春年华坐到课堂上来呢？就算老师用英语拉家常，那又怎么样？也不比看美剧《绝望主妇》高级！更不比看英剧《唐顿庄园》高级！他们交了学费来学校，不是要听老师用英语讲她家里的狗如何如何，不是要听约克郡布丁的制作方法——周郢风在约克郡访学过一年的，所以动不动就讲她在约克郡的事——而是要听莎士比亚的《哈姆雷特》，要听海明威的《老人与海》，像其他老师在课堂上讲的有价值的东西。

学校派督导去听课。有督导在，周郢风老老实实地讲了几节莎士比亚。她以为这一次和以往一样，是例行听课。也就听上那么一两节，最多三四节，然后督导写个听课报告交上去，这事就算了了。学校都是这样的，走形式。但督导这一回可恶得很，听了一节又一节，没完没了的，周郢风就憋不住了——她对拉家常是上瘾的，好像家常是鸦片一样，戒不了——又开始半节课讲书本，半节课拉家常。因为是用英语拉，她以为督导听不懂，督导也确实听不懂。他们都是些上了年纪的教授，也不是英语专业的，哪里听得懂她叽里呱啦带广东和约克郡口音的英语呢？但督导们也不是吃素的，他们有经验，按周邶风的说法，是"老奸巨猾"。他们偷偷带了录音笔，把周邶风上课讲的东西，一字不落地录了下来，带回来让外语学院的其他老师逐句翻译了，附在听课报告后面，送到了教务处。这下事情就闹大了，教务处长说："周邶风老师简直把英美文学课，上成了家政课。"

这还是好听的，研究生院的院长更不客气了，说周邶风老师是"挂羊头卖狗肉"，是"滥竽充数"，是"鱼目混珠"。

主管教学的校长也认真看了翻译版的周邶风老师上课记录，之后定性说："这是一起教学事故，要严肃处理。"

学校在办公网上公示了对周邶风的处分决定：停课一年，停发当年的教学津贴，三年之内不能参加职称评定。

这个处分是前所未有的严厉，学校还从来没有这么处分过老师呢，之前哲学系的某老师因为上课老接电话，学校给了他一个记过处分，扣发了当季教学津贴；艺术系戏剧影视专业的某老师因为被学生反映总是在课堂上"像放映员一样"放电影不讲课，学校给了她一个警告处分，扣发了当月的教学津贴。但还没有哪个老师被停过课呢。

学校还因此开展了一系列师德师风建设主题活动，什么"我们到底要怎样培养学生？"什么"论大学课堂上教师的道德修养"。每个老师都被要求发言和写一千字以上的心得体会。老师们叫苦连天，直抱怨因为周邶风，他们遭池鱼之殃了。

一时间，周邶风成了众矢之的。

周邶风不知道，她其实是撞枪口了。学校第二年就要参加全国高校教学评估。校领导忧心忡忡，因为教学环节可是他们学校的软肋。这些年，老师们都一心一意写论文去了，申报课题去了，没有哪个老师重视上课。所以学校正铆足了劲抓一个反面典型，好杀鸡儆猴呢。于是周邶风适逢其时，成了那一只被杀的"鸡"。

猴们果然被吓得战战兢兢，再也不敢在上课时乱来。学校因此在第二年全国高校教学评估中，成绩斐然，排名进了前五十。前五十虽然不是什么值得夸耀的名次，但对他们这样的三流学校而言，已经有改写历史的意义了——学校在上一轮，上上一轮，上上上一轮的全国高校教学评估中，排名可都是六十多呢，从来没有突破过五十的。校长龙颜大悦，在学校海棠阁摆了庆功宴，大宴那些在这次评估中做出杰出贡献的老师和教务工作者。那些被宴请的老师们，一个个拊髀击缶歌呜呜。而那些没被宴请的老师，就有些失落了。校长为了普天同庆雨露均沾，又以"节能奖"的名义给每位老师发放了一千块奖金——甚至学生们也有份，在评估结果出来的当个周末，后勤部门给每个学生发了肉丸子票，学生凭此票可打一份免费的大肉丸。学生们也拊掌击缶歌呜呜。于是全校都沉浸在一片洞房花烛般的喜庆气氛中。

一年后周邺风才重新回到课堂。但一个"把英美文学课上成了家政课"的老师，不可能有资格上研究生课了，也不可能有资格上专业核心课和必修课了。

她只能和那些年轻老师一样，上上公共选修课，或二类通识课。这种课一般都被排在下午七八节，或晚上，或周末。都是老师们痛心疾首避之唯恐不及的时间。

但周邺风愿意在这个时间段上课。这个时间段一般没有督导来听课。周邺风后来，很怕督导了。

周邺风遛狗，也是桂苑和木槿苑一景。

苑里养狗的人家不多。高校的老师们，对养狗，多少是抱了些看法的。总认为那是有闲阶级用来打发时间的，无聊得很，腐朽得很。和以前的公子哥儿养鸡斗鸡养蛐蛐斗蛐蛐性质一样。一个教授，特别是一个女教授，牵只狗出来散步，那成什么样子呢？不成样子的。教授嘛，散步就应该带本书，一边走，一边看，看着看着，一个不小心，还会撞到树上，像中文系的庄瑾瑜教授那样，那才是女教授的正经样子。再说了，养狗可不是养花养草那么简单，只需要浇点水就了事。狗的要求可是很多的，不仅要吃要喝，还要洗澡，还要遛弯，还要恋爱，恋爱失败了还要吠个不停。像中文系陈季子家的多福那样。多福是只公狗，它追求苏不渔家的母狗，没追求上，结果不分白天黑夜的，吠了一个多月。把桂苑的教授们吵得没法读书写文章了。大家意见很大，但意见都憋在肚子里，没有谁把意见说出口。只有隔壁生物系的姬教授脾气不好，有一次冲到陈季子家门口对了多福嚷嚷，你再吠，你再吠，再吠就把你实验了——所谓"实验了"，就是说要把它弄到生物系实验室去给学生做实验。陈师母气得要命，扬言要告姬教授恐吓。陈师母说她家的多福可不是一般的狗，而是智商很高的贵宾犬，所以姬某"实验了"之类的残酷的话，多福肯定能听懂的，心理也肯定受到了伤害。

这话大家听了，也就一笑了之。没有谁真的相信，她家的多福能听懂"实验了"这种话。

不过，桂苑的那几只狗，确实不是一般的狗。杜副校长家的拉布拉多，哲学系主任老米家的西施犬，中文系苏不渔家的蝴蝶犬，牵出来遛时，都不用主人吹嘘，别人一眼就能看出来历不凡。狗和人一样，来历不同，走路的风度气概就不同。就好比学校里那些出身北大清华的教授，和出身二三流大学的教授，走上讲台的姿势，都不一样。也不是说出身北大清华的教授就个个气宇轩昂，鼻孔朝天，像历史系的杨不孚教授，走上讲台的时候，也低头佝腰，弱柳扶风，一说话，也是细声细气，但仍然气场强大，是那种内功深厚的有底气的强大。

而周邶风的狗没有桂苑那几只狗出身高贵，是土狗。

"也亏她做得出来，捡只土狗穿上花衣裳当宠物养。"汤牡丽说。

周邶风也告诉过我，Gatsby是她捡到的，就在小区后面的废墟上，当时它孑然一身，神情彷徨。她一时恻隐，就收养了。

土狗本来也没什么不好，如果放在陶渊明那样的环境里，"狗吠深巷中，鸡鸣桑树颠"，或者放在唐诗里，"柴门闻犬吠，风雪夜归人"，那样就自然而然，有诗意美！人和物，都讲究个适得其所。适了，就相得益彰，就"人面桃花相映红"，不适呢，就乖谬，就古怪。《红楼梦》里的刘姥姥之所以成了丑角，成了林黛玉"携蝗大嚼图"里的母蝗虫，说到底，不是刘姥姥丑，而是她不该进大观园。

周邶风的狗也如此，它在桂苑，就如刘姥姥在大观园般搞笑。

尤其是周邶风还给它穿上了颜色鲜艳的褂子。

一只土狗，拴根狗链子戴个金色项圈，穿件宝蓝色或翠绿色的绸缎小褂子，怎么看，都显得怪里怪气的，它甚至不像狗了，像什么呢？不知道，反正不像狗。

美术系的马远老师因此画了一幅画，叫《女人与狗》，挂在艺术学院的展览厅里，许多老师都去看了，觉得马远画得真是惟妙惟肖，既画出了形，又画出了神。

但马远不承认他是"因此"。他说这幅画，和身边的人没有一丁点儿关系，和身边的狗也没有一丁点儿关系，他画的是俄国作家契诃夫笔下的女人和狗，他喜欢契诃夫的小说，特别是《带小狗的女人》。所以这幅画，是向19世纪的契诃夫致敬呢，所以它不是"因此"而是"因彼"呢。

这话没人信。桂苑的教授们个个饱读诗书，契诃夫的《带小狗的女人》大都读过的——就算之前没读过，在这之后也仔细读了。小说里的女人，金发，个子不高，戴一顶圆形软帽；小说里的狗，也是娇小玲珑的白毛狮子狗。

而马远画里的女人，黑发，个子又高又瘦，没戴帽子，披一块孔雀绿披肩；画里的狗，个子也又高又瘦，不是白毛狮子狗，而是黄黑色的。最关键的是，那狗也穿一件孔雀绿的马甲。

还有，那女人背后的树，也不是桦树——19世纪俄国文学里的树，一般都是高大笔直的桦树呢，可马远画里的树，树干不直，树冠又低又圆，看着更像桂树，或者木槿。

所以，马远的《女人与狗》，绝对不是"因彼"，而是"因此"。

对这些学院索隐派，马远嗤之以鼻："这不是学术，而是艺术，艺术你们懂不懂？"

桂苑的教授们也嗤之以鼻。他们自然懂艺术的，也懂"艺术源于生活"的理论，而马远这幅画的"生活"，毋庸置疑，就是周邶风和她的狗——不信，不信就来桂苑看看！

或者到木槿苑的商业街来看也可以，反正周邶风和她的狗，不是在桂苑转悠，就是在木槿苑的商业街转悠。

那些住在其他小区的老师，本着究本溯源的学术习惯，果真过来看看了，看完之后，又去艺术学院的展览厅看马远的画。有一丝不苟治学严谨的教授，看完画之后，再按图索骥去看周邶风和她的狗，如此反复对照看上若干遍，才算完。

周邶风和她的狗，就这样成为桂苑和木槿苑的风景了。

"Gatsby，Gatsby。"

只要狗稍微走远点，周邺风就会一惊一乍地叫。

我不明白她有什么好惊乍的，连我都知道，Gatsby 不过走到某棵桂树后去小便了，小便之后又蹲在另一棵桂树后趴着发呆去了。

这是 Gatsby 的习惯，它总是在一棵树下小便，到另一棵树下发呆。

那冷静的样子，还真有点王维诗里"人闲桂花落"的意思，不，应该是"狗闲桂花落"的意思呢。

"它老蹲在桂树后干什么呢？"

"在闻桂花香呢，你没见它鼻子一翕一翕的？"

"狗也闻得到桂花香？"我惊讶——风花雪月不是人才会的吗？狗也会？

"别家的狗我不知道，Gatsby 是闻得到的。别说桂花这样浓郁的香，就是柚子花樟树花香，它都能闻得到呢。"

"你怎么知道它闻得到？"

"它告诉我的呀。"

"它告诉你？它怎么告诉你呢？"——难不成那只狗，会讲人类的语言？

或者周邺风除了英语，还会狗语？

我的神情里，肯定流露出了类似讥讽之意。不知为什么，自从听说了周邺风的一些事情后，我对周邺风，就变得有点不客气起来。

"生物之间的交流，不一定非要用语言吧？"周邺风讪讪地说。

那倒是。但再怎么，也不至于能说出"我闻得到桂花香"这种话吧。太夸张了！比陈季子夫人说她的多福能听懂"实验了"还夸张呢。

"不知为什么，我第一次看到 Gatsby，就有一见如故的感觉。"

天哪！之前她也对我说过的："不知为什么，第一次看到你，就有一见如故的感觉。"

我当时还以为她是"满堂兮美人，忽独与余兮目成"呢！

原来不独与余，与狗也是这样呢！

后来汤牡丽告诉我，周邺风和许多新来的人都"一见如故"过呢。

这也是周邺风总来木槿苑的原因。

桂苑的人是没什么变化的，教授是那些老教授，保姆也是那些老保姆，大家知根知底。不会发生把保姆错认为师母的事情，也不会发生把师母错认为保姆的事情。这事在其他小区，偶尔还是会发生的。比如材料系的马骊老师，在住进木槿苑的第一天，就把对门住的俞师母和她家的保姆弄反了，俞师母朴素，而她家的保姆反倒时髦得很。"谁能想到一个戴眼镜系 Burberry 格子丝巾的女人是保姆呢？"马骊老师觉得冤枉，俞师母打那以后一直对她不冷不热。那个保姆倒是特别热情，每次在楼道上遇见她就"马老师马老师"地追着叫，不叫应是决不罢休的，还主动帮她倒过几次垃圾，要报答她知遇之恩似的。这事闹得木槿苑尽人皆知，影响很大，Burberry 格子丝巾一时也成为木槿苑的风尚。木槿苑的保姆们，不约而同都去万寿宫花二十块买条 Burberry 系脖子上了。

这是住在木槿苑的好。

木槿苑流动性大，总有老师调走，也总有老师调来。新调来的老师，要花费相当长的时间，才能了解其他人的情况——这"相当长"的时间要多长呢？不一定，有的要一个来月，有的就要长达数月，视新来的老师性格而定。性格开放的，一个月就差不多了——不过至少也要一个月。一个知识分子，要和另一个知识分子熟络起来，不可能是一朝一夕的事情，更不可能是一饮一啄的事情。而相对封闭的人，比如我这样的，就需要更长时间了。

也就是说，周邺风和那些新来的老师，一般可以做一个月至半年的朋友。

差不多每个新来的女老师，一开始，都听过周邺风的"不知为什么，第一次看到你，就有一见如故的感觉"。

多少还是会被感动的吧？在矜持的学院里，听到如此不矜持的表白，于是半推半就成朋友了。

问题出在后来。

周邺风的先生——那个食品工程学院的院长，不怎么回家的。

也不知怎么传出来的。周邺风自己从来没说过，"他这个人，你不知道有多 clingy"。

Clingy？我一时听不懂。

"缠人。"

她说的是以前，那已经是二十年前了，他们刚分到学校来的时候，她住八栋，他住六栋。两栋一前一后，他有事没事就来找她。

来了也没有什么话说，只是沉闷地坐在桌子边看书，或者沉闷地站在走廊做饭。那时候大家都把走廊当厨房的。他做的都是些稀奇古怪的食物，什么南瓜花炒百合，什么枸杞炖泥鳅，还带来了计量器，百合多少克，枸杞又多少克，一样一样记录，在一个本本上。她觉得好笑，他这是在做菜呢，还是在做实验呢？

她一开始不怎么愿意和他好的，他比她小，小两岁呢，虽然看不出来。他老相，又稳重，一起出去，不认识的人，都以为他比她大呢。

而且，他也不解风情。同宿舍的女老师生病了，她中文系的男朋友送来了花，还有花间诗，"花心定有何人捻，晕晕如娇靥"。她生病了呢，他让人捎来了一小包药丸——他当时在实验室，实在离不开——以及写了"黄连素，一日三次，一次两丸"的小纸条。

小纸条还是从记录本子上撕下来的，皱且参差不齐，"丸"字上，还有黄不拉叽的斑点，想必是实验时不小心弄上的。是咖喱粉，还是生姜粉？她用舌尖舔了舔，好像都不是。到底是什么呢？她琢磨好半天，也没琢磨出来。他后来告诉她，是茴香粉。

那时有不少条件很好的男人追她的。某某某，还有某某某，当年都追过她。但她最后还是和他好了。

因为他没人要。八栋的女老师都看不上他——他也看不上她们。他这个人，别看蔫头耷脑的，却是个志存高远的人。

这是她的毛病。对没人要的东西，不知为什么，就是放不下。

别人放不下的，是好东西，她呢，放不下的总是些没人要的。

瘸了一只腿的麻雀，丑了吧叽的女同学，絮絮叨叨的隔壁老婆子。

她姐姐说她身上有一种"趋暗性"。本来，人类和飞蛾一样，趋光是本能，追求灿烂和光明的生命，然后借这灿烂和光明照亮自己。而她相反，是夜行动物，总是趋暗。仿佛黑暗才能给她力量似的。

她是子时出生的，子时出生的人，是不是都有趋暗的天性？

一开始周邶风来我家还是会先打个电话的。

"虞，在家吗？"

"在。"

"我给你拿几只清水大闸蟹过来。"

"不要，你们留着自己吃。"

可周邶风不由分说，还是拿过来了，不是几只，而是整整一纸箱。二十几只青背白肚的大闸蟹，用细麻绳五花大绑了，整整齐齐排列在箱子里。美人阵一样。

我先生见了，开心得不得了，他喜欢吃螃蟹。

顾姨把螃蟹清蒸了，配好了红红绿绿的蘸料，又烫了一壶米酒。《红楼梦》里不是写了吗？"酒未敌腥还用菊，性防积冷定须姜。"螃蟹性寒，吃时需配姜和菊花酒。

菊花酒家里没有，只能用米酒将就了。

那也够了，先生在吃上，颇有小富即安的知足。

况且有螃蟹，无论如何也不止"小富"的程度。

"一起吃，一起吃。"

先生主动发出邀请，他平时对女性的态度是有点端谨的。这一回，估计是看那一纸箱螃蟹的面子了。

周邶风本来也没有要走的意思。

顾姨拿来了小酒盅，先生帮自己斟了，又帮周邶风斟。顾姨是不喝的，不知是不会，还是觉得不合适。她这个人，有些老派讲究的。我是不喝酒的，不喜欢。

先生的酒壶已经到周邶风杯口了，但她用两根手指突然捂住了盅口，说："我不会喝酒。"

"这是米酒，才十几度，不算酒的。喝一盅？"先生劝。

"我不会喝的。"

"就一盅？"

我蹙眉。

先生于是悻悻作罢。

他知道我的意思。

关于劝酒，我们以前有过争论的。我认为劝酒是不文明的表现。先生说，怎么不文明？怎么不文明？李白的《将进酒》文明不？可"将进酒"不就是"再来一杯吧"的意思？"将进酒，杯莫停"，不就是"再来一杯再来一杯"的意思？还有"举杯邀明月，对影成三人"——李白不只劝人喝酒，还劝月亮喝酒，不文明？不文明？

我说不过他，我从来都说不过他的。他定了个规矩，就是我们争论问题时，我不能用文学的知识，他不能用物理学的知识，否则就胜之不武。

可我物理学的知识几乎是零呢。怎么可能用物理学的例子和他理论？

而他平时最大的业余爱好，就是看古典文学方面的书。

这叫"师夷长技以制夷"，他得意扬扬地说。

于是我这个"夷"，就很有自知之明地从不和他展开理论，遇到"不敢苟同"的时候，就蹙眉，或白眼。

好在我一蹙眉或白眼，他就知道我的意思了，并且一般也会按我的意思行事。

这是我们夫妇的模式。

但周邶风看不过。

"要不，我喝半盅？"

她把捂住杯口的手指拿开，对先生嫣然一笑说。

先生没想到，一时看看我，然后忙不迭帮周邶风倒上了。

她后来告诉我，她这是帮我，男人其实不喜欢看女人的眉高眼低，看久了，就会出问题的。也不喜欢一个人喝酒。喝酒不比看书，看书是一个人好，但喝酒一个人就太寂寞了。所以她打算象征性地喝一点，是不煞风景的意思，也是帮我的意思。

可她的"象征性喝一点"，最后把大半壶的黄酒都喝了。

"要不，再来半盅？"

"要不，再来半盅？"

每一次她都试探似的问。

先生已经面若桃花了。他酒量其实不怎么样的，虽然每回一有好菜，他总叫嚷着"喝两盅喝两盅"——也就两盅，两盅之后，平时不苟言笑的他，就会"氓之蚩蚩"地言笑。

"周老师好酒量。"

"哪里，我不会喝酒的。"

"明明会喝得很。"

"真的，我不怎么会喝酒的。"

"是吗?"

"今天心情好，喝起兴了。"

那天周邺风心情确实好，一壶黄酒底朝天之后，她还问：
"要不，再烫一壶?"

"没有了。"我说。

当然还有，还有两瓶呢，就放在书房桌子下面，是去年中秋节时先生从老家带回来的浔阳封缸酒。

先生看我一眼，也不作声。这种时候他和我还是挺默契的。

是吗? 周邺风转着杯子，一副意犹未尽的样子。

"下次吧，下次再一起喝。"

先生最后说。

本来是客套话，但周邺风隔天真来了。

"虞，让你 husband 下来一趟好吗?"她在单元门口摁门铃说。

"什么事?"

"下来拿点东西。"

是酒，一大坛绍兴花雕。

"别人送的，搁家里有些日子了，我们也不喝。"

其时傍晚，我和先生正准备吃晚饭呢。

只有两个半菜，一个排骨炖山药，一个素炒苦苣，外加一小碟腌萝卜皮。先生有轻微脂肪肝，所以我家餐桌上，一向素且清淡，量也偏少。

"吃了吗？"

"没呢。"

"一起吃点？"

"——也行。"

周邨风好像颇勉强似的坐下了。

"加个菜？"

先生看了我一眼建议。他本来对我饭桌上的极简主义就有意见，现在有客人，便趁机提要求了。

我看看桌上那点东西，确实太少了。但我坐着不动。一天做一次晚饭就够了，还要我做两次不成？

"冰箱里有一罐橄榄菜，就吃那个怎么样？"

"那个，应该是下水泡饭的吧？还是炒个什么吧。"

"炒什么？"

"肉片木耳之类的，不行吗？"

"木耳要提前半小时泡上，不是说炒就可以炒的。"

"那炒个西红柿鸡蛋？"

我又蹙上眉了。这个人，真是的，连推诿也不懂。

先生这下懂了，于是赶紧起身去拿橄榄菜。

"要不尝尝我的手艺？"

一边的周邺风开腔了。

"那怎么行？"

我瞄一眼周邺风的裙子，又是一件靛蓝袈裟似的长裙，这样的裙子站在布达拉宫前双手合十更合适吧？站在舞台上咿咿哦哦更合适吧？和厨房怎么搭？

但周邺风不客气，兀自从门后拿了围裙一系。那天是周日，前一天我刚去了菜市场，所以冰箱里其实囤了不少菜呢。她打开冰箱的刹那，我微微地脸红了。可周邺风若无其事。她麻利得很，不一会儿，一道泡椒藕丁、一道芙蓉鱼就上桌了。

周邺风把它叫作芙蓉鱼，其实就是西红柿烧白鱼块。

西红柿在我家，是和鸡蛋搭配的，从来没有和鱼在一起过。

先生吃一口，脸上刹那呈现出一种惊艳般的表情。

至于吗？不就西红柿白鱼？难不成周邺风把它叫作芙蓉鱼，就真吃出了芙蓉花？

我以为他的"惊艳",是男人的人情世故呢,或者说怜香惜玉。

毕竟让客人下厨房,怎么说,也是失礼的,所以在菜端上桌后,他有必要"惊艳"一下,这是教养,也是对我的迂回批评。

婚姻生活多年之后,他最热衷的,就是迂回批评我。

虽然他说那不是批评,而是教育。

但当我也夹一块放进嘴后,才知道他的表情不过是巴甫洛夫条件反射而已。

西红柿自然还是西红柿,白鱼自然还是白鱼,但加在一起,西红柿又不是西红柿了,白鱼又不是白鱼了。

就如金圣叹说"盐菜与黄豆同吃,大有胡桃滋味"般。

那种好,怎么说呢,是一种相呴以湿相濡以沫的好。是你中有我,我中有你。

原来不单人,物与物之间也讲究对路的。对了,就水乳交融,就鸾凤和鸣;不对,就貌合神离,就劳燕分飞。

"周老师,你怎么会把西红柿和白鱼一起烧呢?"先生惊奇地问。

"你们别忘了,我 husband 是搞食品研究的。"

"食品研究嘛,就是把各种乱七八糟的食材都搁一起做试验。"

"西红柿烧白鱼算是最普通的，还有西红柿烧泥鳅呢，西红柿烧蛤蜊呢，西红柿烧茄子呢——西红柿烧茄子已经被他们学院工厂做成了罐头产品，取名'姹紫嫣红'，远销到了东南亚呢，不仅东南亚，还远销到了南美呢！不过在南美的名字是叫'Rojo y Negro'de China'，是西班牙语，'来自中国的红与黑'的意思。好笑不好笑？罐头而已，也不是小说，叫什么'红与黑'？还'来自中国的红与黑'。"

"这名字是他们学院食品文学所的一个女老师取的。虞，你知道吗？他们学院还有个食品文学所呢，专门给各种新开发的食品取名字，取一些花里胡哨的名字，写一些花里胡哨的美食散文，发在'食色'上——'食色'是他们的微信公众号。你们愿意的话，可以关注一下，上面会有他们的产品介绍和菜谱，还有各种食物知识。"

"不过，也就那些菜谱和食物知识可以看一下，至于那些美食散文，就可以免读了。写得实在不怎么样，太矫情了！不过吃个南瓜粥，文章题目却是《人生若只如初见》。不过到他们食品基地去挖紫薯——他们学院在西郊那边还有几十亩地呢，种些有机瓜果蔬菜，文章题目却是《采菊东篱下》。紫薯是菊吗？完全两回事嘛。一个那么俗，一个那么雅。那个女的，哦，就是他们文学所的那个女老师，也是你们中文系毕业的，某个说不上名字的大专学校的中文系，最拿手这个了，明明俗，却装雅。偏偏他们院里的那些男领导，包括我 husband，对她在乎得不得了。说还是文艺厉害呀！可以让事物起化学作用，把柴米油盐，变成风花雪月；把经济基础，变成上层建筑。"

"去年人家就凭那些花里胡哨的食品名字，还有那些花里胡哨的美食软文，竟然评上了副教授。本来她写的那些东西，算什么？既不是 C 刊上发的，也不是核心期刊上发的，就在他们自己公众号上发发的破玩意儿，怎么可以用来评副教授呢？但他们院里为了她，专门给学校打了个报告，说她对学院产品的市场开拓，学院的应用学科发展，做出了突出贡献，是特殊人才。"

"特殊人才呢！"

"所以呀，虞，还是人家厉害，晓得另辟蹊径。本来她那种文学水平，如果在你们中文系，那不是小巫见大巫？但在食品学院，却稀罕成鲁迅笔下那棵用红头绳系着的大白菜了。"

"而虞你这个北大中文系的大巫，却还在上着选修课呢。"

我蒙了，怎么说着说着，突然从芙蓉鱼转到我这儿来了呢？

这也太风马牛了吧！

难怪她的学生，会受不了。

我等着先生开口说"我有点疲倦"。这是他的口头禅，动不动就说的。他明天早上还有课呢，每回有课的前一天晚上，他都要早早休息的。他这个人，虽然是男人，却娇气得很，一向把自己的身体看得很重。做点事——哪怕是芝麻点儿的事情，他都要好好将息。更何况"兹事体大"的上课，那之前绝对要养精蓄锐，之后绝对要闭目养神。包括房事，也是禁止的。一开始我不知道这个规矩，还主动过呢，但他不为所动地说："我有点疲倦。"

可周邶风的话，川流不息，先生压根插不上嘴。

他时不时瞄一眼我，想必希望我打断周邶风。

我偏不。是他留的客，为什么这时候要我来做恶人呢？

"再来半盅？"

"再来半盅？"

中间周邶风也会略微停顿，可没等先生开口，她就把空了的酒杯往他面前一倾，他只得又给她满上了。

这一回，一壶花雕，她喝了四分之三。

"我其实不会喝酒。"

临走时她还是这么说。

有一回，我从青苑书店出来的时候，看到周邺风在隔壁的良品铺子，好像在买巴旦杏仁之类的东西。

我没上前招呼，我刚买了石黑一雄的《远山淡影》，打算下午看呢。

比起周邺风，我还是更愿意和石黑一雄消磨一个下午。

不过，也就看了几页，刚看到景子自杀佐知子出现，门铃就响了。

如果不是顾姨去开门，我会假装不在家的，我猜是周邺风呢。在木槿苑，除了查水电煤气表的，也就周邺风会不请自来。

果然。

"看书呢。"她一边坐在玄关处的条凳上换棉拖鞋，一边探头问。

我"嗯"一声，没起身，还一动不动地坐在阳台沙发上。

也不算很怠慢。毕竟我们已经如此熟络，虽不至可以"踞厕见之"，但也不是郑重到"不冠不见"。

当然，我也是成心的，指望她有点眼色，早点走，让我可以继续看手上的书。佐知子这个女人一出场就让人欲罢不能，一个住在破败屋子里却用精致茶器喝茶的女人，下文会如何呢？我急切地想知道。

"给你拿了些巴旦果。"

"你不是消化不太好吗？这东西富含膳食纤维，对消化极好的。"

"它有天然的'植物化学成分'，可以防癌呢。"

"还美容。"

我过意不去。自打认识以来，已经吃了不少周邨风送的东西了。

"反正是别人送的，也吃不了。"

别人送的？

怎么会？

我明明看到她在良品铺子买的呀！

汤牡丽说，这是周邨风的风格，每回在和别人"一见如故"之后，就喜欢送人东西。

女人一般手紧，但周邨风大方，比男人还大方。

你夸不得她身上的东西，一夸，她马上就要送你。

这倒是真的，有一回，我夸她胸前的一块玉玦好看，牙黄色和田玉，配上朱红色丝绳，天青色玉扣，古旧得像《红楼梦》里的人佩戴的物件。

她当时就把那玉玦从脖子上摘了下来，说，"送你呗"。

我目瞪口呆。这女人疯了吗？又不是几只螃蟹，或一坛酒，送了就送了，收了就收了。这可是玉玦！谁会送别人玉玦呢？也就《红楼梦》里的宝玉，一欢喜，把一个玉玦扇坠送给了琪官。

两人之间总得有点私情什么的，才好授受玉玦吧？

我当然不敢受，虽然没受，依然被周邶风所打动。

怎么说，也应该算十分贵重的"托物言志"吧？

可汤牡丽嗤笑了说，新来的人，谁没受过周邶风诸如此类的"托物言志"呢？

最初都会被打动的，然后渐行渐近。

包括和她 husband 的恋爱都是这模式。和别人倒着来。中国式男女关系一般是男的授，女的受。但她送他衣物，送他手表，送他各种食材。日本刺参那么贵，她一送就是十几斤。那时他还是个讲师呢，手上没有任何项目经费。要做实验，食材都得自己买。所以经济方面是十分拮据的。怎么受得住她这种好法？问她要什么？她说，只要你。

她是真的"只要你"，如胶似漆地要，密不透风地要。

他呢，应该是怀着"小生无以为报"的心情吧？就如胶似漆地给，密不透风地给。

一开始确实是这样的。

包括和她的儿子。

周邶风的儿子，青出于蓝而胜于蓝，不仅长得蔚然深秀玉树临风，还在清华读书。

好在她生了这么个儿子，汤牡丽说。

母子关系是后来才出问题的，一开始也是密不透风的关系。

路上都是搂着的，周邶风喜欢这样。她和她老公还住在八栋的时候，两人下个楼梯也要紧紧搂着，那一颠一颠的样子，像两只交尾着的昆虫。

恶心。

八栋的女老师说。

但周邶风怎么也嫌不够似的。

大半夜她会跑到儿子的床上，抱着儿子的背睡，说冷——那时儿子都一米七多了。

周邶风怕冷，尤其夜里，哪怕是大夏天的夜，她也说冷。

儿子给她买了热水袋，但用不了一两次，就坏了，或者不见了。

有一天，儿子终于把她推到了地上。

周邶风倒没有多伤心，她好像有所准备似的，反正事情到了最后总会这样的。

不过，即使这样，儿子也还是护着她的。

一边憎厌着，一边又护着。

院长如果在该回家还没有回家的时候，儿子就打电话，也不说话，金口玉牙般不开口，只用气声，"嗯"或"哼"，院长一听到这个，就说"马上，马上"。同事们在背后把院长叫"马上"呢。

"马上"在办公室吗？

"马上"来了吗？

院长知道后也不介意。只要和儿子相关，哪怕是负相关，他也甘之如饴。

要不是这样，周邶风院长夫人的位置怕是岌岌——觊觎者可不计其数呢，包括那个给西红柿烧茄子取名"姹紫嫣红"的女人。那女人单身了好几年呢。

也是奇怪，这个男人打事业风生水起之后，形容都大不一样，简直有脱胎换骨之变化。

若仔细看，也能看出几分他儿子那种蔚然深秀的成色。

仿佛因为儿子，他的优秀本质才得以被逆推被发现。

可在周邶风那儿，他却是"没人要的"，周邶风从不讳言这个。逢人就说他当初如何如何落魄，如何如何拮据。学校里的人，包括学院里看门的大爷，包括教学楼打扫厕所的保洁阿姨，都知道院长的黑历史。

但儿子洗白了他。

所以，不论他在别处如何威风凛凛，可在儿子面前，他一直是看脸色行事的。

这世上，也就儿子，他是秋毫不犯的。

儿子是周邶风的免死金牌呢。

周邶风和我的来往，差不多维持了一年多。

说老实话，我早就受够了她的"再来半盅？""再来半盅？"

但先生不知是被周邶风那"反正是别人送的"一坛又一坛的好酒笼络了，还是被周邶风在我家厨房做的美艳无比的食物笼络了，比我对周邶风更耐心。

我没法耐心，对一个喜欢在我家厨房烹庖的女人。

我倒不是对厨房有强烈的主权意识，甚至经常生出反厨房的情绪，但看一个别的女人娴熟地使用自己厨房，还是觉得别扭。

"要不尝尝我的手艺？"这句话，已经成了周邶风的口头禅了。

而先生照例是要"惊艳"的。

周郏风照例激动得满面绯红。

"这算什么？下次我给你做××菜。"每次先生被惊艳后，周郏风都会这么来一句，下钓饵似的。

而周郏风的"下次"，往往就在第二天，或第三天。

她还自带了"××菜"的食材，以及"××菜"所需的稀罕作料，比如肉桂，比如罗勒和鼠尾草。这种东西我家厨房是不可能有的。事实上，要不是周郏风，我连这些东西是什么都不知道呢。

先生说，他这才发现他以前的食馔质量有多差，差到说"茹毛饮血"也不过分。

我也承认我的庖厨手艺和周郏风比起来有不小的差距。谁不想"食不厌精，脍不厌细"？我也想的。所以，不只先生，其实我也十分贪恋周郏风厨房里的好。

我甚至带点中年女性的打算和刻薄心理看待这事——就当请顾姨了，顾姨一小时还要三十块呢。

有什么理由不喜欢周郏风呢？

后来我反省过——在周郏风死后——自己和周郏风断交

的原因。

如果不是她喝得醉醺醺后留宿我家，我们的交往会不会再藕断丝连一段时间？

有几次，在她自己主动"再来半盅""再来半盅"之后，醉了。

醉了的周邶风无论如何也弄不醒，只能在我家书房的沙发上过夜了。

书房是先生的领土，一次两次还好，三次四次呢，他就不高兴了。

"她怎么这样？"

"她怎么这样？"

之后，他对她也不怎么待见了。

我和汤牡丽说过周邶风喝醉的事，汤牡丽说，她那是佯醉！别说半壶酒，就是一壶，也喝不醉她。她老说"我不会喝""我不会喝"，以为别人不知道她是酒鬼呢。你下次去看看她家的衣帽间，里面藏的全是酒。

佯醉？为什么？

不想回家呗。

为什么不想回家？

谁知道。反正以前她在我家沙发上也睡过的。有一回，我老公半夜起来小解，差点儿被她吓死，她披头散发地站在客厅里。后来我老公就交代我不要惹她了。

她也吓过我的。我夜里起来到厨房喝水，她突然从背后趋身过来，轻声叫，虞——

那真是惊悚！

"你帮我看看这儿。"

亮晃晃的灯光下，她突然把衣裳撸了上去。半个身子，就那么一览无遗地裸呈在我面前。

她个子比我高，又站得十分近，右胸上突出的暗红东西，快要碰到我的鼻子了。

我窘得不行。打成年以来，我还只在电影和美术馆里看过别的女人的胸呢。

那些胸尖，都美艳动人，一如枝头含苞待放的玫瑰。而鼻子前的这东西，却像是放了好几天的荔枝，暗黑，皱褶，干巴。

《画皮》一样惊悚。

"是不是出了疹子？"她问。

疹子倒是没出，但她右胸近腋下的地方，有些红肿，被抓挠了似的。

"你家里有没有药膏？"

"好像有一瓶青草药膏，但不知放哪儿了。"

"会不会在书房抽屉里？"她提醒。

或许。我家的各种药，一般都放书房抽屉里。先生是个喜欢吃药的人，鼻塞了要吃药，咳嗽了要吃药，胃胀了要吃药。他也喜欢买药，人家去巴黎会给老婆买个 LV 包或香奈儿香水什么的，他买回一种叫 Dulcolax 的便秘药，因为我有便秘的毛病。那瓶青草药膏也是某次他到泰国开会时买的。这些药，我习惯放书房，方便他拿。

但这大半夜的，我懒得去书房。

"早上给你找吧。"我打着哈欠说。

"现在不就是早上？"

我看一眼墙上的夜光石英钟，才四点多呢！

"虞，你还睡得着吗？要不——我们到书房喝杯茶？反正马上就天亮了。"

"或者就在厨房喝。我发现，从你家厨房的窗户，可以看日出呢！"

看日出？她疯了吗？就算我家这一栋在木槿苑最东边，就算东边是光秃秃的停车场，也不可能看见日出呢！

我明白过来了，所谓找药膏看日出，都是借口。原来她睡不着，想让我陪她度过这黎明前的黑暗时光。

说不定她早醒了，或者压根没睡，一直侧耳听着我们房间里的声音。所以我一出来，她就跟着从书房出来了。然后就用各种借口拖延我。

我至今还记得她声音里的藕断丝连。

那藕断丝连，在半夜，有一种孤苦无依般的软弱。

也就是因为那孤苦无依的软弱，吓到了我——怕被她一直纠缠下去，没完没了。

于是我心硬起来。

我本来不是一个心硬的女人，但不知为什么，在周邶风这儿，我就能心硬得斩钉截铁。

后来想，如果当时我愿意站在厨房陪她聊聊，像真正的闺蜜那样，事情会不会好一点儿？

许是因为我流露出了疏远的迹象，后来的那段时间，她来得愈发稠密了。仿佛来日不多似的。

我的课表她是知道的，只要我没课，她就来按门铃了。

因为这个，我需要戴耳机看书或做家务，不然，就算我不开门，依然会被扰得心烦意乱。周邶风按门铃很有特点，短促，犹豫，半按不按的，好像按门铃的人没有把握他要找的是不是这家人家，按一下，然后等上几秒，又按一下，又等上几秒，有一种小心翼翼的执拗。

直按到有人开门。

有时我会故意外出。天气好的时候，骑一辆小黄车去艾溪湖湿地公园走一走，或坐一坐，看湖水在阳光下波光粼粼，挺好，至少比和周郉风在一起好。但入冬后，就不能在外面待了，冷。后来我发现了一家叫"侘"的书吧，就在我们木槿苑北面不远，走路十几分钟就可以了。偶尔我就去那儿待着了。

但"侘"好是好，就是不能白待，一杯拿铁二十块，一杯苹果汁十八块，还只管用两三个小时，两三个小时之后，那个长着鲢鱼眼睛的店员就会过来关切地问："还需要什么吗？"

没办法，只能走，或者再"需要"一杯拿铁一块三明治什么的。

这时候我就怪周郉风，就因为她，我才"流亡"至此的。

可这样的流亡时光没多久也结束了。有一天，我在"侘"碰到了周郉风。

"你在这儿呀！"

她说她正好从"侘"路过，进来看看，没想到，竟然看到了我。

她诡谲的笑容里，满是揭穿了我阴谋的得意。

我怀疑周邶风跟踪了我。

这激怒了我，难不成我要一直"被闺蜜"吗？

在所有人的眼里，我是周邶风的闺蜜，但我只是被闺蜜了而已。被闺蜜！

周邶风最后一次来我家，是挑了顾姨在我家干活的日子来的。

她带了"别人送的"鳗鱼过来。

"你不是爱吃鳗鱼饭吗?"

这也是我恼羞成怒的原因之一，她一直用这种小恩小惠的方式对我。

还有我先生。

好像我们是贪图小利的人。

所以我才让汤牡丽过来呢。

那天是周二，我知道周邶风会过来的。

也是临时起的意。汤牡丽正好打电话过来，她问我有没有《驼庵传诗录》，她正写一篇关于顾随先生的论文，想查证点儿东西。几天前她听我提到过这本书。我本来周二开会时带给她就可以的，她也是这个意思，反正也不急。但我请她到家里来拿，她当时听了还愣了一下。我们虽然是一个教研组的，也虽然时不时会聊几句，但还只是同事关系呢，还没到过彼此家里呢。

所以汤牡丽乍一听我这建议，就意外了，不过意外归意外，还是答应过来了。

于是周邺风那天一说完"你不是爱吃鳗鱼饭吗？"这句话，转脸就看到了汤牡丽，汤牡丽坐在阳台的藤椅上，一边喝着茶，一边翻着《驼庵传诗录》。

周邺风一时间有些手足无措，就那么首如飞蓬地站在半明半暗的玄关处——她到底还是经不过小白师傅的劝说，做了烟花烫了——她鼻翼两边，还有眼袋下方，在孔雀绿披肩的映衬下，呈现出一种蛇蜕般干枯的灰白，仿佛轻轻一碰，就会纷纷脱落似的。

"汤老师也在呀。"

她有些窘迫地招呼。

汤牡丽抬头，矜持地笑笑，没说话，又接着看手上的《驼庵传诗录》了。

那天周邺风放下鳗鱼就走了。

从此再也没来过我家。

之后我们还遇到过几次，在桂苑的青砖小径，或在学校某个地方，每次我都和汤牡丽在一起。

那段时间我和汤牡丽走得十分密切，都是我主动的。

这很恶毒，我也知道的。但我那时就是鬼迷心窍般想斩草除根。我不要周邺风对我还抱有念想。

周邺风是死后好儿天才被发现的。

隔壁胥教授家的猫，那儿天总往周邺风家阳台跳。他们两家阳台的隔墙封得不是很高，猫纵身一跳，就能过去。胥教授以为周邺风又在用鳗鱼引诱她的猫了。她的猫嘴很刁的，一般的鱼对它完全没有诱惑力。不过隔墙那边浮过来的味儿好像不是烤鳗鱼的甜腻肥香，而是有点儿怪怪的。是什么味儿呢，她也说不上来，有点儿腥，又有点儿酸腐。难道周邺风在拿坏了的鳗鱼喂她的猫吗？胥教授有点儿狐疑。但也就有点儿狐疑而已，她不想过去求证。那样的话，就正中周邺风的下怀了。周邺风之所以引诱她的猫，其实是"醉翁之意不在酒，而在山水之间"呢，而"山水"就是她。她开始不知道。每回她家的猫一过那边，就不回来，不知为什么。她家的猫本来很学院派的，不爱串门，平时除了躺在沙发前的棉垫上看宫崎骏的动漫，就是躺在阳台上眯了眼打盹。她去敲周邺风家的门，怕她的猫打扰到人家。后来发现不对，她一过去，不但抱不回猫，连自己也脱不了身了。周邺风有办法留住她。"胥老师，有一个哲学问题我搞不懂，想请教请教你"——胥教授是搞哲学的，有和别人谈论哲学的爱好。所以周邺风这么一说，胥教授就不走了，开始和周邺风谈哲学。可哲学这东西，深奥得很，哪是三言两语讲得清楚的？没关系，周邺风准备了茶和烟——胥教授在家抽烟不怎么自由的，自从某次体检时查出了她的肺有毛病之后，她先生就开始管她了。可在周邺风这儿，烟随便抽，万宝路，KENT，都是细长的女士烟。她是老烟枪，抽这种烟其实不过瘾。"别人送的"，周邺风说。胥教授也就不挑嘴了，聊胜于无吧。能一边抽烟，一边谈哲学，一边还有人认真听，已经不错了，差不多算是人生中美好的时光。所以有段时间，胥教授动不动就去周邺风家过"美好的时光"。后来才发现周邺风压根没有认真听，她对哲学的兴趣是假装的，之所以请教她一个又一个哲学问题，之所以准备好"别人送的"烟，不过是让她抽不了身，让她一直坐在她家的沙发上。她那么多哲学的妙语，对周邺风而言，不过是给世界增添一点儿声色而已。和留声机意义一样，和房间里的花草植物意义一样。反应过来的胥教授就愤怒且轻蔑了。她看不起不自立的人，一个精神不自立的人，说到底不配做一个知识分子。

周郱风就是一个家庭妇女，胥教授对她先生说。

于是，她和周郱风那段基于"哲学"的交往，结束了。

后来猫再去周郱风那边，她无论如何也不过去抱了。

到了它该回来的时候，她就放宫崎骏的《龙猫》，把声音调大。它一听到这个，就从阳台那儿跳回来了。

但这一次十分奇怪，她已经把声音调到最高了，也不见它回来。

而且从阳台那边飘浮过来的味道愈来愈不对了。

她觉得蹊跷，让先生过去看看。

先生去敲门，没人应。

怎么回事？

胥教授于是给保安打电话了。

这才发现周郱风已经死了好几天了。

她的狗，Gatsby，很诡异地死在另一个房间——那是周郱风老公平时使用的房间。

其状惨不忍睹。保安推开周郱风那间房门时，最先看见的是一只紫黑色的耳朵。

耳朵上，还戴了绿松石耳钉。

她侧身蜷曲着，看上去比 Gatsby 大不了多少。

法医验了尸，是食物中毒。

周邶风和狗的胃里，都有一种叫角鳞灰的鹅膏菌。

是一种极毒菌，只需小小的几朵，就能毒死一个人一只狗。

可周邶风怎么会乱吃蘑菇呢？

一个大学老师，也不是没有常识的妇孺。

"如果她老公在家就好了，他是食品专业的，肯定能认出毒蘑菇。"有老师说。

"说不定就因为她老公是食品专业的呢。"也有老师说。

这话听起来似有所指，大家不作声了。

毕竟是无稽之谈。周邶风死的时候，她老公还在日本札幌呢。他们食品工程学院打算和札幌协和食品株式会社合作，他过去考察已经半个月了。

周邶风的追悼会我没有参加。汤牡丽倒是问过我，要不要买束花过去，但我冷冷地拒绝了。

我再也没理过汤牡丽。

也没有去过"侘"。

我知道这没有任何意义。

浮花

朱箔周末喜欢去欧洲谷的 Auchan 购物。

他们住在巴黎东部大学公寓，去欧洲谷有几站路，需要坐地铁去，地铁单程票价是三欧多，来回就六七欧了。七欧换算成人民币，就是五十多了，孙安福不高兴，就买个菜，到附近的 Super U 就可以了，走着去也就十几分钟的事儿，何必花这个冤枉钱？

朱箔沉了脸。他们来这儿已经半年了，半年多他还是有换算的习惯。一颗花椰菜两欧多，折合人民币二十块了；一盒金针菇，一百克，也就二两，却要两欧，折合人民币十几块了。如果在国内，这钱都可以买一斤金针菇了，他这么嘀咕。她不理会他，还是把那一小盒金针菇放进了购物篮。

她在国内时其实从来不买金针菇的，总是买杏鲍菇。而到了法国，她又喜欢买金针菇了，从来不买杏鲍菇。她自己也不知道这是为什么。因为这儿金针菇比杏鲍菇贵呗，你不就喜欢挑贵的东西买！听孙安福这么一说，她自己也吓一跳，她似乎真有这个毛病的，菜一贱，她就不想吃，也不想做；菜一贵，她就想吃了，也想做了。她在这边做金针菇或藕的态度真是一丝不苟的（这边的藕更是贵得不可思议），那郑重其事的样子，不像对待蔬菜，而像对待一个不能慢待的有身份的人。她自己也觉得自己势利。

以前在国内时，孙安福最喜欢吃她做的杏鲍菇，加几片腊肉，几根韭黄，用大火爆炒，香得很。每次桌上有这菜时，孙安福就要喝酒。他用枸杞熟地和冰糖泡了一大玻璃缸冬酒，菜好时或心情好时就会喝上两三小盅。他也就两三盅的酒量，只要两三盅酒一入肚，他两颊和耳朵就变成了酡红色，然后就会侧了脑袋带着略微的笑意看她。这表示他想行房事了。

她一般都会依他。他们房事的频率其实不勤的，不知是因为上了年纪，过了那种情欲蓬勃的阶段，还是因为他们俩的感情没好到那程度——他们是经人介绍认识的，认识了没多久，就结婚了。

初结婚那段时间他表现得还差强人意，虽然算不得多热烈，但偶尔也会多贪恋一会儿床笫。尤其早上。每当早上有课时，他总流露出那么一点儿春宵苦短的懊恼。她那时候还不知道这懊恼只是昙花一现，应该珍惜的，还颇不耐烦他的这种磨叽。她早上是习惯睡个回笼觉的，其实也睡不着，不过一个人拢了被，侧躺着，流水般想些乱七八糟的心事，慢慢等窗外的天光明亮起来。但孙安福不一样，他不喜欢醒了还躺着——除非有其他事可做，要不然，就干脆起床。如果要思考，还是在书房更合适些，他说。孙安福是个循规蹈矩的人，对于在什么地方才能做什么事情，尤其是，在什么地方不能做什么事情，他是有许多讲究的。有一回，那还是在他会懊恼的阶段，他们的关系还有一点点男女初在一起时的热度，她当时在读一本小说，应该是帕慕克的《纯真博物馆》，里面有男女主人公在公寓偷情的描写，让她想起以前了，想起和杜颉颃的相好之事，一时间她有些情不自禁，就想坐到他腿上去。让她没料到的是，他却不让，他温和却很坚决地把她推了下去。"小朱，小朱，这不好。"他一直叫她"小朱"的，从第一次见面到婚后，他都这么叫她，像她那些同事一样。她觉得别扭。但也不能想象他像杜颉颃那样叫她"宝贝"。"宝贝，宝贝"，每回两人缠绵时杜颉颃就会在她耳边这么叫她，那声音现在想起来还让她身心微颤。他们分手都好几年了，但她还是会时时想起他，她自己对此也没有办法了。"小朱，小朱，这不好。"孙安福说。为什么不好呢？她不明白，他们已经是天经地义的夫妻了，还有什么是不好的呢？但他有他的理由，书房里放满了书，这些书都是有作者的，而且都是他很尊敬的作者，所以在书房亲热，就感觉当了那些他尊敬的作者面亲热，他不喜欢这样，太亵渎了。不，"亵渎"不是他的原话，他说的好像是"不敬"，对，是"不敬"。"太不敬了"，他皱了眉说，牙疼似的。她觉得这实在荒谬，如果这理由成立的话，那在卧室不也一样？卧室还有家具呢，那些家具也有作者的，木匠、油漆匠、铁匠，那不是更加人头簇簇？但这个孙安福就不管了，他好像只想对那些写书的人表示敬意，而对那些木匠、油漆匠、铁匠就无所谓失敬不失敬了。朱箔说他这是阶级歧视，和她区别对待蔬菜性质一样，他也是个势利眼——她那时在他面前还有一点儿女人的娇嗔和任性的，以为自己可以为所欲为。男人嘛！还是孙安福这样的男人。

打一开始，朱箔对孙安福就有点儿藐视的，许是因为孙安福的长相和性格，孙安福长得极朴实，没有哪个地方没长好，但也没有哪个地方长好了，四平八稳，无棱无角。性格也是这样，至少看起来有任人拿捏的老实，这也是朱箔会嫁给孙安福的原因之一，朱箔因为经历过杜颉颃那样凌厉的男人，把心气和胆量弄小了，所以对孙安福这样的男人，虽然一面会藐视，一面又觉得可以托付终身。但后来知道，孙安福也并非可以随意拿捏的软柿子，他也有他的刚愎。比如怎么也不肯和朱箔在书房亲热。她其实试过不止一次，抱着恶作剧般的心态，想破坏他那可笑的坚持，但他却以更彻底的方式向那些书房作者致敬了——他竟然不举。事实上，除了在卧室，孙安福在其他地方经常不举的。不只地方，还有时间，如果时间不合适，孙安福也一样不行。比如在大白天，朱箔有时故意逗他，孙安福也会说"小朱，小朱，这不好"。为什么又不好呢？因为孙安福有"昼不寝"的习惯。孙安福虽然是个理工男，却也读过《论语》的，十分同意孔子对学生宰予昼寝的批评，"朽木不可雕也，粪土之墙不可杇也"。为了不做"朽木"和"粪土之墙"，孙安福白天几乎不进卧室的，即使疲倦了，也不过在书房支颐而坐打个盹，几分钟或十几分钟之后，又接着看他的书，备他的课了。

朱箔对此也不怎么介意。本来她和孙安福的房事，也味同鸡肋。之所以偶尔主动，有作弄老实人孙安福的意思——像以前杜颀颃作弄她一样；也有努力过婚姻生活的意思。对于婚姻，她倒是没有怀疑过孙安福的，但她有些信不过自己，她从来不相信自己的，所以才会这么矫枉过正地对孙安福好。到时候万一她的婚姻出了什么问题，她也可以交代了——无论如何，她是努力过的。

可既然孙安福不领情，她也就意兴阑珊了。

孙安福不知道，朱箔每次去欧洲谷，都是和何寅约好的。

这公寓也就住了几个中国人，除了孙安福和朱箔，另外还有三楼的一对夫妇，还有何寅。

那对夫妇和孙安福一样，也是来巴黎东部大学访学的，已经来了近一年了，他们是为期两年的访学。何寅呢，在这边读博士。

按说朱箔应该和那对夫妇走得更近，至少应该和那个叫苏的走得更近。第一次见面他们互相介绍时，那个女人说，我姓苏，叫我苏就行了。朱箔以为这是法国风尚呢，后来还在语言班上鹦鹉学舌般地这么介绍自己，"我姓朱，大家叫我朱就行了"。"zu，zu"，那些外国人，总发不出"朱"这个翘舌音，一直用第四声的"zu"叫她。有个叫胡安的西班牙男人，学过一年汉语的，课间最喜欢找朱箔练习说中文。zu，你叫猪？他不但歪歪扭扭地写出了猪这个字，还在纸上画了一个咧着大嘴的猪头。朱箔哭笑不得，只好写给他看。我是这个"朱"，不是这个"猪"。朱，是红色的意思，在中国古代文化里，"朱"代表高贵。胡安请朱箔喝了一杯咖啡，因为朱箔教了他"中国文化"。教室外的走廊上，有个红色自动售货机，课间时，有的同学会在那儿买杯咖啡喝。这已经算不错了，后来朱箔知道。他们这些西方男人，和女人在一起时，就算相谈甚欢，一到花钱的时候，也是各付各的。

要不要到"朱色"那儿喝杯咖啡？胡安后来把所有红色的东西，统统称作"朱色"了。

你姓朱，那是不是说，你爷爷，或者爷爷的爷爷是中国贵族？胡安很认真地问。

朱箔不置可否，她喜欢外国男人这种天真烂漫的无知。

其实，朱箔一开始倒是很想和苏做朋友的，她们都是女人，又年龄相当，在这异国他乡，没有理由不成为朋友的。

却没有。不知为什么，在公寓里他们这几个中国人第一次聚餐的时候，朱箔就感觉到了苏对她的不喜欢。好几次当朱箔抬手做什么的时候，她都有掩鼻的动作。"苏，你来巴黎这么久了，还不习惯闻香水味吗？"朱箔隐藏起自己的不悦，问。

不是。你的香水味太浓烈了！在巴黎，一般只有黑人才会搽这么浓烈的香水。苏说。

朱箔被噎得说不出话来。

或许没有恶意的吧？一个研究拓扑学的女人说不定就是这么说话的——当苏告诉朱箔她研究拓扑学时，朱箔听了真是有些吓着了的，一个女人，研究拓扑学？朱箔甚至不知道

"拓扑"是什么东西呢。

想想还真是。他们公寓里就住了不少黑人，每回在楼道里和他们擦身而过时，确实会闻到更浓烈的香味。要不是苏这么说，朱箔都没留意过这个。

良药苦口利于病，朱箔这么理解研究拓扑学的苏对她言语上的无礼了。

苏住在公寓的 A 区。公寓分 A、B、C 三个区，A 区在三楼，公寓面积最大，有四十多平方米——这在巴黎的大学公寓，已经是很阔绰的面积了；而 C 区在一楼，每个公寓不到二十平方米。朱箔和何寅都住在 C 区。

当初在国内时，房间就租好了的，C12，孙安福告诉她这个时，她几乎有些心旌摇荡，想到在梦幻般的巴黎，竟然有一个房间在等着她入住，她实在无法抑制住那种从内心升腾而起的幸福感和晕眩感。"是呀，马上就要走了，巴黎的房间都租好了，要六百欧呢，真是没办法。"出国前，一向不怎么说话的她，竟然很饶舌地和很多人这么抱怨。

这么多年，在亲戚和同事的眼里，她一直活得很失败。也就那段时间，她扬眉吐气了。

在去上海签证的时候，朱箔第一次觉得自己说不定真可以和孙安福白头偕老的——她的表格上，按要求填的是"科学家配偶"。也就是说，孙安福在法国使馆那儿，是科学家的身份呢。她盯着那白纸黑字，怔然良久。

虽然只是一个签证身份，依然让朱箔对孙安福刮目相看。

那些日子，她对孙安福的态度里，有着从没有过的柔情蜜意。

直到住进这公寓，不，应该说，直到在苏的房间聚餐后，朱箔的心情才恶劣起来。

苏夫妇的房间，在三楼最东边，是"看得见风景的房间"。窗外就是一大片夹杂了黄花紫花白花的绿茵茵的草地，以及好几棵开了粉红粉白花朵的橡树——是何寅告诉她这是橡树的，她以前一直把这种树叫作"伍迪的树"，因为在伍迪·艾伦的电影《午夜巴黎》里看过这种美得无与伦比的树。她喜欢伍迪的电影，不是一般的喜欢，也喜欢伍迪，不是一般的喜欢。这后一种喜欢让孙安福觉得不可理喻，在孙安福看来，这个秃头又神经质的老男人——与其说他是老男人，不如说他是老女人，因为他不但长了张老女人的脸，还长了一张老女人的嘴，总是在絮絮叨叨——有什么好喜欢的呢？朱箔懒得和孙安福理论，也理论不过来。她后来发现，她和孙安福，真是事事抵牾的两个男女，没有一件事能琴瑟和鸣。是不是天底下的夫妇都这样？她倒是和杜颉颃合得来，可那又怎样？偏偏他们成不了夫妻。

后来朱箔在巴黎的许多街道两边都见过橡树的，原来橡树是巴黎的街树。

坐在这样的房间，看着这样的窗外风景，才是在巴黎呢。

不像他们的房间。他们房间左边住的是一对从尼日利亚来的黑人夫妇，那个穿着金黄色袍子涂着紫色指甲的黑人妇似乎总在训斥小孩儿，他们家有好几个黑乎乎的小孩儿呢，都挤在十几平方米的房间里，整日叽里呱啦地闹个不停；而右边房间的一对印度夫妇，倒是安静，却总在煮咖喱。朱箔都不能开门，只要一开门，就有一股浓浓的咖喱味儿扑鼻而来，夹杂其中的，还有其他奇怪的香料味。朱箔感觉自己不是在巴黎，而是在印度。真是受不了。

窗外就更别提，别说那么诗意的开了粉红粉白花朵的橡树了，什么树都没有，一眼看过去，只有锈迹斑斑的铁栅栏，和几个深灰色的大垃圾桶。

巴黎的垃圾桶倒是清洁，可再清洁，也不能当风景看。

想到自己在国内时对 C12 的心旌摇荡，朱箔觉得好笑。

然而，这是她的老毛病——她总是向往远处的事物。等到近了，才发现其丑陋。

她也知道这不能怪孙安福的，他们 C 区房间的房租是六百欧，而苏的 A 区房，要八百呢。孙安福从国家留学基金委拿的访学生活费一个月不过一千三，这一千三，要解决他们在巴黎的衣食住行所有开销，如果租八百的房间，就太捉襟见肘了。

苏的情况却不同，她不是作为"科学家配偶"的身份来的，而是作为"科学家"过来的，所以他们夫妇两个的生活费加在一起，有两千六了，当然可以住"看得见风景的房间"。

在朱箔他们刚住进公寓的时候，他们这几个中国人，聚餐还是颇频繁的，隔上一两周，就会聚上一次。

聚餐的方式，和在国内不同，国内总有人大包大揽抢着做东的，那是中国的社交方式和礼节，但到了这边，大家就入乡随俗地 AA 了，一个人带一个菜，拼在一起，就可以了。

这样简单，老蠹说——老蠹是苏的老公。

也果真简单，对老蠹和苏而言。每回就是两个菜，蟹棒炒青椒和紫菜蛋汤，或者土豆烧牛腩和西红柿蛋汤——这边的牛肉便宜，特别是牛腩，几欧一大盒的。

何寅呢，每次带可乐鸡翅，或土豆烧牛腩。

他们之前也不会通气，有时菜就撞了，桌上会出现两个土豆烧牛腩。一个黑，一个红，黑的是苏做的，苏的土豆烧牛腩，总是会放上许多匙陈氏老抽；而何寅的，总是红彤彤的，像搽了胭脂，他喜欢放意大利番茄酱，不论做什么菜都放。这样好看，何寅说。

要不是还有朱箔的菜，这样的聚餐，真是让人有些倒胃口的。

朱箔每回都十分卖力地准备。她庖厨的手艺本来就好，加上成了心要露一手——她虽然不会研究拓扑学，但善庖呢，对婚姻生活而言，善庖不比拓扑学更重要？朱箔暗暗是抱了这样的想法来精心准备聚餐的菜肴的。

豉汁多宝鱼，盐煎鳕鱼，蒜蓉牡蛎，朱箔一样一样做过去。这些菜，她在国内其实也没做过，都是在网上现学现卖。她这方面真是有天分的，每次一做出来，无不是国色天香。

孙安福一开始还十分支持，毕竟初来，有很多事情要麻烦他们：去银行办卡，去警察局办居留，去移民局体检，都是老蠹和何寅陪了去的。没办法，很多法国人不说英语的，只说法语，而孙安福会说的法语，只有三句，Bonjour（你好），Merci（谢谢），Au revoir（再见）。

别人说什么他都听不懂，反正每回他只是程咬金三板斧似的三句，Bonjour，Merci，Au revoir。

这样的法语水平，也就够逛个超市——其实逛超市都有些勉强：有一回，他们把下水道的疏通剂当洗洁精买了回来；还有一回，把羊排当牛排买了回来，因为那上面的羊画得真是像牛——他们返祖般地又回到了看图识物的时代。

这些事情孙安福都在他们聚餐时当作笑话讲了，老蠹和何寅开怀大笑，但苏却是半笑不笑的，朱箔总觉得她的笑里有揶揄之意——她不知道是不是自己多心了。

这没什么的，我当初还把类似于樟脑丸的泰国香料当糖块买了呢，一吃，才觉出不对。何寅说。他或许看出了朱箔的尴尬和不悦，于是用自己的糗事来安慰她了。

也就因为这些细节上的体恤吧，朱箔后来和何寅走近了。

我一般是周六去 Auchan，何寅说。

何寅说这个的时候，孙安福没听见，他正和老蠹在聊前不久发生在布鲁塞尔的恐袭事件。

听说 ISIS 已经训练了至少四百名会制作炸弹和精通战术的恐怖分子呢，专门针对欧洲的。

可以的话，还是少出门吧。现在不仅戴高乐机场，就连圣心大教堂和卢浮宫，都是荷枪实弹的警察了。

朱箔那个周六就和何寅去 Auchan 了。早上孙安福问她，今天要不要去超市？因为房间小，两个人待着实在逼仄，而且，孙安福觉得在办公室更有工作的状态。所以只要朱箔不出门，他一般就去办公室待着的。他的办公室离公寓也不远，走过去，不过十几分钟。但朱箔躺在床上闭了眼没作声，孙安福就走了，他以为朱箔还在睡呢。

后来就成惯例了，每个周六，朱箔就和何寅一起去Auchan。

Auchan 的东西和 Super U 比起来，更华丽，有法国人的气质，海鲜也好，水果也好，还有五颜六色的被法国人称为"少女的酥胸"、被意大利人称为"淑女的吻"的马卡龙也好——孙安福说那是世上最难吃的东西，朱箔不信，因为孙安福说过很多东西是"世上最难吃的东西"：在香榭丽舍街吃的芝士焗蓝贝青口，在阿维尼翁吃的蘸淡绿色芥末的蜗牛（孙安福当时甚至说那绿色芥末像婴儿消化不好时拉的大便），在巴士底集市吃的滴了柠檬汁的生蚝，每回孙安福都皱了眉头说那是"世上最难吃的东西"。朱箔知道，对孙安福来说，与其说那些食物难吃，不如说它们太贵了！东西一贵，孙安福就没法心平气和地吃，也没法实事求是地评价。这和朱箔正好相反，朱箔是东西一贵，就觉得好吃。他们夫妇，这一点又抵牾了。只不过朱箔是"非汝之为美",而孙安福是"非汝之不美"——也算殊途同归了!

所以,对孙安福的意见,朱箔虽不至于反其道而行之,至少是忽略不计的。

而何寅不论热情地推荐什么——"朱老师,这个这个","朱老师,那个那个",她就不分青红皂白地把"这个""那个"都买了——买了一大堆。

孙安福不知道朱箔是和何寅去的,"买这么多,你是怎么拿回来的?"朱箔的胳膊比其他女人细,平时提个稍微重点的东西,就要喊半天酸痛的。

"我又不是什么千金小姐。"她说,一副不耐烦的样子。孙安福于是就不问了。她知道如何对付他的,她对付杜颉颃那样的男人不行,但对付孙安福,还是绰绰有余的。

她没说出是何寅帮她拿回来的。其实就是说了,也没什么关系,他们那时还是彬彬有礼的正常关系,他客气地叫她"朱老师",她叫他"何寅"。她本可以理直气壮地说出来的。

但不知为什么,她就是没说,似乎一开始就打算和他发生那种关系似的。

可天地良心,她那时真没有那种想法。

他比她小九岁呢,她已经三十九了,而他才三十。怎么可能一开始会有这种想法？

何寅竟然也没说——当孙安福在桌上对老蠹和苏表扬朱箔一个人买菜多么多么不辞辛苦时，何寅只意味深长地看她一眼，并没有戳破她。

你是不是那时就对我心怀不轨？

后来何寅问朱箔。那时他们已经睡过好几次了。

哪有？朱箔恼羞成怒——明明是他先开始的。

他让她去他房间教他做水煮肉。炝花椒的时候，才发现没系围裙，她手上沾了蛋清和生粉，于是他站在身后帮她系——他一直站在她身后的，系着系着，突然从后面抱住了她。

这不怪我的。你知不知道，你的身体有多美——美得如橡树花。

昆德拉说，比喻是一种危险的东西，有时爱情就源于一个比喻。她不知道何寅的这个比喻有没有导致爱情，但至少导致了她久违了的蓬勃情欲，她真是喜欢橡树花这个比喻的。

她后来争辩说，她其实不是迷失在他的拥抱里，而是迷失在橡树花里。

这有区别？何寅问。

当然有区别。

怎么个区别法呢?

不说——说了你也不懂。

有些事情男人真是不懂的,就如孙安福永远也搞不懂朱箔为什么非要去圣日耳曼大街喝花神咖啡馆的咖啡一样。

那儿的咖啡比别的地方咖啡好喝?

不是。

那为什么非要在那儿喝呢?

你不懂。

这都是后来的话。当时她什么也没说,只是痴傻了般,一动不动地站着,像傻鸟一样好笑地支棱着那沾满了蛋清和生粉的双翼。也不知过了多久,可能几分钟,也可能一小时,反正那时她时间的钟摆是停了的,完全处于飘浮的状态,只是闭了眼,任由何寅的那双手,从她的两腋下包抄过来,隔了衣裳揉捏她,像揉捏面粉团一样。等到他的手戛然而止,要把她往床上挪时,她才猛然惊醒般,仓皇而逃。

也就逃了十二个小时,算是一个年长女人的自尊和理性。第二天上午九点钟,当孙安福一走,何寅就过来敲门了。

他房间的窗户,正对着外面的路,只要斜斜地开一点百叶窗,就能看见孙安福什么时候离开公寓什么时候回公寓的。

有事?

去我房间。

干什么？

昨天的水煮肉片你还没做完呢。

她竟然真乖乖地去了。

进房间后她还相当认真地抵抗了几个回合的，可她的胳膊实在太细，提个菜篮子都吃力呢，怎么抵抗得住年轻有力的何寅那狼奔豕突的进攻？

不管如何，我是努力过了的，她对自己说。

"你就不能和苏一样，也简简单单地做一次蟹棒炒青椒，或蟹棒炒洋葱？"

大约两个月后，孙安福终于忍无可忍地对朱箔发出了抱怨。

记账时，他发现在吃这一项上，他们的开支委实太大了。

他不是不通人情世故，但孙安福的人情世故，是有自己分寸的，不是朱箔这种"投我以木桃，报之以琼瑶"的方式，那过了。孙安福的人情世故是要刚刚好的投桃报李。他是本分人，某种混合了小市民的精明和读书人的清高的本分，不能亏欠别人，也不能亏欠自己。太用力的报答，不但不划算，而且有点儿伤自尊。像朱箔这样每次都像准备宴席似的准备周末聚餐，好像在巴结谁似的。

而且，老蠹和苏，也有点儿吃定了他们，每回都积极地张罗"聚一聚"，每回又很敷衍地做上那"老二篇"。

"苏不会做菜的。"老蠹说，似乎是抱歉的意思，但语气里却有一种奇怪的炫耀，好像他夫人不会做菜是件了不起的事情——老蠹和别人介绍苏时，从来不称"我老婆"什么的，而是称"我夫人"的。

"我哪有时间。"苏反驳老蠹。

"是是是，苏最近正在赶一篇会议论文呢，她下个月要和导师去挪威开年会。"老蠹的语气更炫耀了。

老蠹的重点其实在这里，他夫人虽然不会做菜，但会写论文。

孙安福觉得老蠹在这个事情上有点不地道了，不是中国男人的谦虚做派。中国男人就算自己的夫人再好，好成一朵花，在别人面前，也是"拙荆拙荆"的。哪好意思说什么"苏最近正在赶一篇会议论文呢"？你们既然没有时间，就不要张罗聚餐嘛，就一心一意写你们的论文嘛。

而且，孙安福觉得老蠹的逻辑也有问题。"不会做菜"和"哪有时间"，导致的后果应该是菜的味道不好，和食材应该没有关系吧？也不必每次都买那种几欧一大盒的冷冻蟹棒和几欧一大袋子的土豆。

那种东西，谁都做不好吧？

说白了，他们其实是在占便宜。

也有怠慢孙安福夫妇的意思——这一点，尤其让孙安福不悦。

不过，这些话都是孙安福的意诽，没有说出口的，即使是对朱箔，孙安福也是秉着有所言有所不言的原则，所以他只是说"你就不能和苏一样，也简简单单地做一次蟹棒炒青椒，或蟹棒炒洋葱"。

其实朱箔也不高兴。

当听到苏说"哪有时间"之类的话，朱箔就觉得苏的言下之意其实是"我可不像你那么闲"。

苏不止一次对朱箔说："我哪有时间？"

之前朱箔约过苏去逛圣图安跳蚤市场，她知道圣图安是欧洲最大的古董集市，张曼玉都经常去那儿呢，运气好的话，在那儿能淘到不错的旧物件。

朱箔是很喜欢戴手镯之类首饰的女人。

但圣图安在巴黎北郊，是贫民区，有许多黑人阿拉伯人罗姆人在那一带活动，不安全。

朱箔是被吓过的。有一回，她在蒙马特高地的小丘广场看街头画家帮人画头像，正看得聚精会神呢，手腕上突然有动静，原来一个黑人在往她腕子上系红绳子，"free，free"，那个黑人一边系一边张了一大口白花花的牙说，朱箔一时被那白花花的牙晃蒙了，还真以为是"free"呢，结果人家却是要"five"，孙安福因为这个还嘲笑她，可还没嘲笑上几天，他自己就在卢浮宫门口被一个罗姆女人讹了。那个罗姆女人先问他会不会英语，他还用中国人的谦虚语气说，会一点点，会一点点。那个罗姆女人又让他在一个脏乎乎的小本子上签字，说是什么什么请愿书，他都没听清，就被拉扯着稀里糊涂签了，结果，他比朱箔要悲惨上十倍，人家要五十欧，孙安福自然不肯，想走，哪走得了！一群罗姆女人围了过来，最后还是被讹去了十欧。打那之后，孙安福一看见包着头巾的罗姆女人，就吓得绕着走，但哪绕得过去？巴黎到处都是包头巾穿长裙大冬天还趿拉着拖鞋的罗姆女人。

于是孙安福再也不肯陪朱箔去小巴黎瞎逛了。

老蠹后来告诉他们，出门身上千万别带超过一百欧的现金，那些罗姆人阿拉伯人黑人专门喜欢欺凌中国人的。在他们眼里，中国人喜欢带现金，体格弱，性情又温顺，是羔羊般的种族。

朱箔在国内时，是经常一个人出门的，她几乎没有女性朋友，也不知为什么，她和女人从来都处不好，包括自己的姆妈和妹妹朱玉，也一直是互诼的关系。她私底下认为，是"众女嫉余之蛾眉"，因为这么想，所以她对此会有一种洋洋自得的心理。一个人逛街，一个人散步，一个人东走西走，从不觉得有什么不妥，反有一种孤芳自赏的得意。

但在巴黎，一个人出门，她还是有些怯。

人在异乡，胆子就小了。

她只能约苏。除了苏，她没其他人好约。

一开始苏也和她出去过几次的，她们一起去公寓北边的湖边散步，看见一棵树，苏对朱箔说，这是椴树；看见一只鸟，苏又说，这是鸢喜鹊——好像她在带一个小学生逛博物馆似的，朱箔不喜欢她的说教态度。散个步而已，用不着把它变成"多识于鸟兽草木之名"的学习。管它是什么树呢？又管它是什么鸟？太认真的女人，真是很乏味的。她们一起去附近的尚叙尔马恩城堡，"这是路易十五的情妇蓬帕杜夫人的城堡"，苏说到"情妇"两个字时，声音有些黏稠，唇齿间带着唾沫似的，听来有一种正派女人对情妇这种身份的女人的不屑。朱箔更不喜欢苏语气里的道德说教了，看个旧城堡而已，管城堡的主人是不是情妇呢？又管她是谁的情妇？太道德的女人，更是很乏味的。朱箔一边微微地笑着，一边在心里这么一再地哂苏。

也不知是不是苏看出了朱箔笑里的哂意，还是苏真忙，后来朱箔再约，苏就再也没答应过朱箔了，总是皱了眉说："我哪有时间?"

而朱箔的时间，从来都多得很。

朱箔在中文系汤显祖戏剧研究中心上班，说是研究中心的副主任，其实不过是个资料员，基本是闲职，所以她可以请假来法国陪孙安福访学。

朱箔在这边也没正经事做，除了一周两次的法语课——那也是可上可不上的。孙安福就不去，他说，有那个时间，不如多做些研究。他在这边跟的是一个华裔导师，两人平时的学术交流也是用中文，所以他就没有学习法语的必要。朱箔更没必要，她一个访学家属而已，学也罢，不学也罢，没有谁管她。虽然他们去移民局办居留时，那个长了淡米色蛾翅般睫毛的移民官建议她上法语课，"为了让你们更好地融入法国文化"，那个法国老男人又亲切又傲慢地说。孙安福嗤之以鼻，"我们为什么要融入他们的文化?"他也是个文化自大狂，一直持的是"我们中国有五千年悠久灿烂的文化"的论调。尤其来法国后，更是如此。为了表示自己对祖国灿烂文化的忠贞不贰，他甚至在看卢浮宫和凡尔赛宫时，也是菲薄的态度，"你觉得它们比我们的故宫美？"看凯旋门，"你觉得它比我们的大前门美？"看埃菲尔铁塔，他更不屑了，"这个铁疙瘩也是法国文化？"朱箔白他一眼。她的眼珠子黑多白少，即使白起人来，也像撒娇似的——以前杜颉颃这么说过，杜颉颃说朱箔白人时"别有风情"。这也是朱箔后来动不动就喜欢白人的原因，虽然她并没有要在孙安福面前卖弄风情的意思，但那已经是她一个不自觉的表情了。

孙安福知道朱箔喜欢法国呢，所以才故意用这种反讽的语气对朱箔说话，好像朱箔是法国人一样，真是可笑。男人有时是很可笑的，特别是孙安福这样老实的男人，一旦偏执起来，几乎就是和风车打架的堂吉诃德了，有着勇往直前不依不饶的劲头。朱箔看普鲁斯特的《追忆似水年华》，他说，"这个有我们的《牡丹亭》好看？"朱箔吃法棍，他说，"这个有我们的小笼包子好吃？"

但他对朱箔上法语课倒是不反对。反正这种语言课是免费的，不上白不上；而且，朱箔在这边没什么事，去上课还省得出去瞎逛。出去瞎逛很不好，因为总会产生不必要的消费——就算可以不吃不喝，总不能不拉不撒吧？在法国，上一趟厕所，也要小一欧呢。朱箔又不像他，愿意憋，实在憋不住，还可以在某棵大树下解决。反正法国的树多，到处都是，特别是凡尔赛宫那样的地方。朱箔觉得奇怪，问他，你不是对"在什么地方不能做什么事"有讲究的吗？怎么一到法国，就不讲究起来了？但孙安福说这是古风，是返璞归真，不伤大雅的。朱箔无语。她不是不能接受男人在野外撒尿，以前和杜颉颃去公园或郊外，他偶尔也会这样的，一内急就会找棵大树或灌木丛解决。但不知为什么，杜颉颃做这种事朱箔就觉得自然而然。而孙安福做这种事，朱箔就觉得别扭。人与人是不一样的。就像李白可以"长安市上酒家眠"而杜甫就不可以，史湘云可以醉眠芍药而薛宝钗就不可以。有些事情只适合有些人做，另外的人做了，就奇怪得很。而且，孙安福还狗尾续貂般地说，这是在凡尔赛，不是在故宫。

这也是朱箔会小看孙安福的原因之一。孙安福的礼义廉耻里，总有一种近乎狭隘的本分。

"我哪有时间？"苏这么说，公寓里的其他人，虽然不这么说，但样子也是"我哪有时间"的匆忙样子，闲的只有朱箔。

有时间竟然也成为令人羞耻的事情。

而如何度过时间也不是容易的事情。春夏的法国，天光真的很长，比国内长出很多，早上五点天就透亮了，晚上十点天才黑下去，中间有整整十七个小时，十七个小时，就是没完没了。朱箔从来没有觉得时间原来也这么让人难以消受，像又干又硬的冷馒头。

以前在国内，在她和杜颉颃相好的那几年，她经常要在自己的房间里等杜颉颃，那样的时间也是长的，长到有时生出《十分钟年华老去》那样的文艺情感，但因为是有指望的等待，那感觉就像重看已经看了无数遍的《西厢记》，不论中间如何牵肠挂肚如何横生枝节，反正结局知道是会花好月圆的。所以在焦灼中就有一种笃定的甜蜜——不像在法国，有种不知所终的空虚和缥缈。

所以朱箔去上法语课，一方面是为了打发这种让人不知所终的空虚缥缈，另一方面也是为了抵抗苏的"我哪有时间"——好歹坐在课堂上，是名正言顺的消磨。"你的法语老师真帅呀！"国内的同事和同学在微信里艳羡地说。她发了法语老师上课时的照片在朋友圈呢。杜颉颃也这么说过。他们分手后他已经好久不说话了，好像怕她会缠他似的，一直噤若寒蝉着。怎么会呢？他到底还是不了解她。就如她也不了解他一样——她一直愚蠢地以为他是离不开她的，他当初表现出来的样子，完全是一副离开了她就没法活下去的样子。所以她才心甘情愿地和他妍了七八年呢。那是她怎样珍贵的七八年？从二十九，到三十六，差不多把她最好的年华都消耗了。但那时的她一点也不怕，很可笑地相信他最后一定会离开他老婆的，那个"一个失败的留白"。"一个失败的留白"是杜颉颀自己的话，他在批评他们学院一个老师的作品时说的，那个老师是专画牡丹的，且以画半株牡丹而著名。偌大的一张绢上，只在左下角的四分之一处画上半株牡丹，其他四分之三，就让它空白着。"一个失败的留白"，杜颉颀有一次当了系里其他老师的面这么说。那个老师也不是省油的灯——艺术学院的老师，哪有省油的灯呢？有一次也当了系里其他老师的面，完璧归赵般把那句话还给了杜颉颀，他说杜颉颀老婆的额头，才是"一个失败的留白"。杜颉颀老婆有一个十分宽广的额头，宽广到把大半张脸都占了，以至于眉眼嘴鼻这四官，只能十分局促地挤在剩下的小半张脸上，和那位老师的半株牡丹画，在结构上倒是异曲同工。这个比喻真是刻毒，可又精妙绝伦，马上就在艺术学院传开了。"一个失败的留白"从此成了大家对杜颉颀老婆的私下称谓——也只能是私下称谓，杜颉颀那时已经是艺术学院的副院长，后来又成院长了，大家对院长夫人，总不好公然造次的。朱箔是见过"一个失败的留白"的，见过后就更淡定了。每回经过艺术学院那悉尼歌剧院般雄伟华丽的大楼时，她都暗暗生出一种喜悦，一种类似于微服私访的骄傲——总有一天她会取代"一个失败的留白"而成为院长夫人的吧？说起来，朱箔看男人，还是颇有眼力的。当初和杜颉颃好上时，杜颉颃副院长都还不是呢，只是一个小小的系副主任而已，她就看出了他的远大前程。这是她的能力，她总是能看出好东西。逛服装店，一长排衣裳挂那儿，都没看标价呢，她拎出的，总是最贵的那件；逛植物园，那些植物花草她都不认识呢，她看上的，也总是最好的品种。不像朱玉，眼神不好，不论是物，还是人，每回看上的，都上不了台面。但朱玉自己一点也不嫌弃，东西或人一旦成了她的，就敝帚自珍得很。不但自珍，还要求朱箔也珍，朱箔只要对她老公说话的声气有一点不对，她立刻就兴师问罪了。搞得朱箔都不敢和那个长得像鹌鹑一样的妹夫说话了，可不说也不行，朱玉又怪她瞧不起他——"连话也不和他说"。

可朱箔能看出好又有什么用？她买不起。这世间就是这样，不成全珠联璧合之美。杜颉颃当上院长还不到一年，就对她说："相濡以沫，不如相忘于江湖。"男人到底狠，说不要就不要了。她自然是恨的，但恨归恨，从此却绕着艺术学院走了。这是她的好——再贪恋，在被别人弃若敝屣后，也不会死缠烂打。两人分手后，她一次也没有找过他，他也一次没找过她，就是校园里偶尔碰见，也形同陌路。但打她来法国后，他们又开始三言两语地搭讪了。是因为隔得远，他不怕她了？还是在法国之美映照下，他对她又重新发生了兴趣？"还好吗？""还好。""你现在是不是把巴黎的每个犄角旮旯儿都看遍了？"他看了她发在空间的那些照片。"哪有？还要上法语课呢！"——差不多也是苏"我哪有时间"的不耐烦语气。她自己也觉得这句话很提气。难怪苏常说呢。但法语课堂上的时间其实并不好过，她跟不上，那个老师语速太快，又喜欢提问，几乎每一个句子都是问句。班上十几个学生，一个一个地轮着来，朱箔总是回答不上来。有时胡安会帮她，用结结巴巴的中文翻译了老师的问题，但她也不能用中文回答，所以还是尴尬得要命。那个老师倒是体恤，有着外国老师特有的对学生的尊重，一轮到朱箔，他就会眉毛一挑，微笑了看着朱箔征询朱箔的意见，朱箔就红了脸低下头翻书。一边的胡安高兴得什么似的，"你朱脸了，你朱脸了"。老师也开玩笑地说朱箔有着"东方的表情"。后来就直接跳过她，问下一个同学了。每次都这样。朱箔觉得没意思。班上也就她和另外一个越南女人是不用回答问题的。那个越南女人和朱箔一样，也是家属，总是带着更"东方的表情"一个人在教室进进出出，和谁也不说一句话。

和何寅好上了之后，她干脆就不去上课了。

每天等孙安福离开，朱箔就去何寅的房间。

开始的两周，何寅都会在房间里急不可耐地等朱箔，两人干柴烈火地做上一回之后，他才心满意足地去办公室。有两次没去，和导师说胃病犯了。何寅有胃炎，导师知道的。当然"胃病犯了"的事情不能总发生，因为何寅的导师是一个德国人，十分严厉。他对何寅说过，身体也是科学的条件之一，如果没有一个强健的身体，是当不了科学家的。他自己就健壮得很，肩膀宽阔，四肢粗大，被系里其他教授称为"非洲象"呢。如果不是鼻梁上那一副金边眼镜还有点斯文，他看着简直没有一点儿教授的样子。在何寅之前，他从来没招过中国学生的。他说，中国人的身体，是不是不适合科学？

何寅对德国导师的这套"科学身体论"是颇不以为然的。如果这逻辑成立，那霍金呢？人家坐在轮椅上就靠三根手指两只眼睛也提出了"黑洞蒸发理论"和"霍金宇宙模型"，也在科学史上做出了不亚于爱因斯坦的贡献。而导师这个"非洲象"的身体倒是好，又为人类做出了什么了不起的科学贡献？

但何寅也就和朱箔这么说说，还是不会多生病。这是对科学的敬意，他说。"你胃能不能再痛一次？"有时朱箔不想何寅离开自己，就这么说。朱箔就这样，一旦和男人亲近之后，就没有分寸了。

"不能。"何寅说。还是十分坚决地起身去办公室。

到后来，他甚至不会在房间等她了。

只要她略微晚去了一点，他就已经走了，桌上会有一个纸条，"等我回来"。他一般中途骑自行车回来一趟，两人衣裳也不脱，只半褪了裤子趴在地板上，或沙发床上，很仓促地做，一做完他就走，没有半点耽搁。"没办法，我要赶在'非洲象'的咖啡喝完之前回去。"何寅说。他是趁导师喝咖啡的间隙溜回来的。

也有几次，何寅中间没回来，朱箔一直等，一直等，等到中午。

朱箔本来应该走，她一个人坐在房间地板上等年轻男人。想一想，也觉得自己太不要脸了。

"没办法，今天事情多。"

那几次，就愈加仓促了，他们只能站在百叶窗前做。一边做，一边看着窗外。这样能看见孙安福回来。朱箔要在孙安福进公寓门之前，回自己房间的。

她也知道事情不对了，但她管不住自己。

何寅的态度，到后来，是愈加随便了。是不是他们这个年龄的人，尤其是他们这些在国外待了几年的年轻人，对待性事，不可能再郑重其事了？

还是他们都看出了她荡妇的本质，所以才这么不尊重她？

之前杜颉颃，还有之前之前的男人，都是这样。一开始待她，个个可谓"嘤其鸣矣"，等到她和鸣了，很热烈地和鸣之后，就翻脸。不说面目狰狞，至少再也没有一丁点儿敬意了。

她原来还以为是年龄的关系。杜颉颃比她大六岁，还有杜颉颃之前的男人，都比她大上好几岁，这样的年龄差距，几乎如父如兄，加之她在他们面前总有些不能自持的小女儿情态，所以才渐渐生出小看之意的？

可何寅明明比她小那么多，怎么也这样？

而苏和"一个失败的留白"那类女人，真是一点女性美也没有的，但男人对她们，却一直视若珍宝。为什么？她想不通。

每次看到老蠹毕恭毕敬且情意绵绵地对苏，朱箔都觉得有点不可思议。老蠹的眼神是不是有毛病？不然，看苏那样的肿眼泡，看苏那样"切切倒有一大碟子"的厚嘴唇，看苏那样坍塌般下坠的屁股，怎么爱得起来？

杜颉颃也如此。朱箔看到过他和他老婆在一起的样子。看到之前，她一直以为杜颉颃不爱他老婆，他虽然从来没有在朱箔面前说起过他老婆，但他和朱箔好，不就表明他不爱老婆吗？

可有一次，朱箔在学校食堂碰到过他们。他们坐在靠窗的位置上，他老婆的刘海滑了下来——那样宽阔的额头，是要蓄刘海遮掩的吧——险些落到汤里，他忙不迭地伸出手，帮她拢到耳背。而他老婆头都没抬，就那么泰然地受着他忙不迭的好——朱箔隔了一二十米看，也看得触目惊心。

他老婆是校医院的内科医生，首都医科大学的高才生呢，听说医术很高明，只要看一看别人的气色，都不用听诊器之类的，就大概知道内脏的健康状况。肝怎么样，肺怎么样，她看一眼，就能知道个八九不离十。学校的许多校领导，以及校领导的家属，都经常找她的。

杜颉颃是因此才对他老婆肃然起敬的吗？

朱箔问过何寅："你和苏做过吗？"

"怎么可能！"

"为什么不可能？"

"苏老师不是这样的人。"

"苏老师不是这样的人"，什么意思？

朱箔气得要命。

她之所以问这话，是有些不怀好意的，她想听何寅说——"怎么可能？和她？"或者，"怎么可能？她长成那个样子。"

这有些无聊，她知道的，但哪个女人不喜欢这种无聊的快乐？

生命，至少女人的生命意义，不就在这些无聊的事上？

结果，何寅没有给她这种无聊的快乐，何寅说，"苏老师不是这样的人"。

何寅一直叫苏"苏老师"的，哪怕在背后。朱箔原来觉得这是生分，就如一开始他也叫她"朱老师"的，她这才知道了差别，他当初叫她"朱老师"是生分，但一直叫苏"苏老师"，却是尊敬。

何寅尊敬苏。

七月中旬的时候，朱箔和孙安福去了一趟法国南部的尼斯。

和这边的导师师母一起去的。导师和孙安福去参加一个粒子物理学方面的研讨会，把师母和朱箔一起带上了。

她没有告诉何寅。她想冷落冷落何寅，因为他那句"苏老师不是这样的人"。

在尼斯的几天朱箔几乎都是和师母在一起，她们一起去逛老城，一起去海鲜集市，一起去沙滩。七月的尼斯，已经是盛夏了，太阳毒得很，朱箔怕晒，但师母不怕，师母来法国已经三十多年了，所以可以像法国女人那样只戴一副墨镜一顶巴拿马草帽就走在明晃晃的太阳下。

师母的胳膊和脖子那儿，长了许多大大小小褐色的斑——那样裸晒，不长斑才怪。泳衣下面的胸，有着典型的东方女人的小，还微微往下耷拉，像两只藏在布袋里没精打采的麻雀，朱箔都不好意思看了。

但师母不在乎，就那么泰然自若地躺在肌肤胜雪凹凸有致的朱箔身边。

真美呀！师母赏花般地，看着朱箔说。

朱箔是习惯了女人对她的"谣诼"的，乍一听师母这一连声"真美呀"，一时倒不知如何是好了。

导师也不避嫌地对朱箔好。小朱，你过来，过来看看这一幅，他不时回头招呼身后的朱箔。朱箔正和师母走在一起，听他这么叫，只好上前和他看"这一幅"了。

这有点不合适，朱箔觉得，师母也在呢，他叫的不应该是"淑真"吗？

淑真是师母的名字，师母叫季淑真。导师有事没事总是"淑真""淑真"叫的，而师母也是有事没事就叫"延巳"

"延巳"，导师叫冯延巳。

　　而且，马蒂斯的画，朱箔也完全看不出好。之所以来马蒂斯博物馆，是导师的主意，"这儿有马蒂斯的博物馆呢，不去看看？"朱箔原来打算去老城的，这是他们在尼斯最后的半天呢，朱箔之前逛老城时看中了一个镏金镶孔雀石手镯，是意大利的手工，朱箔喜欢得不得了，当时就想买的，但师母在边上笑着说"好看是好看"。那意思，是太贵了。朱箔听了，便有些不好意思买，怕师母在背后说她不会过日子。可回来后一转念，又有了悔意，想着尼斯这地方，这辈子怕是再也不会来第二回了，花个几百欧，买个自己的喜欢，是铭记的意思，有什么不可以的呢？就想着撇开师母，自己去把它买了。再顺便到隔壁店里买上一个据店主说加了二十几种香料的熏猪肘——孙安福爱吃猪肘，酱猪肘，卤猪肘，炖猪肘，素猪肘——就是猪肘白切，什么也不放，就那么隔水清蒸了，端上桌，再配上一小碟蘸料，孙安福也喜欢。大俗大雅，大俗大雅，孙安福每次吃猪肘时都解释似的这么说，怕朱箔责怪似的。朱箔其实也爱吃猪肘的，这可能是他们夫妇之间唯一的共鸣了，只是孙安福不知道。朱箔有时高兴了，会说，"喏，给你买了猪肘"，孙安福于是激动得红光满面。这是孙安福朴素的一面，好哄，不像杜颉颃，什么都看得清清的。

可导师的一句"这儿有马蒂斯的美术馆呢，不去看看？"就把朱箔的想法彻底消灭了——她总不好说"我要去买熏猪肘"吧，无论如何，猪肘总不能和马蒂斯相提并论的。而那个镏金镶孔雀石手镯，当了师母的面，更说不出口了。于是乎，只能一行四人去看马蒂斯。

"你这个搞文艺的人，到了尼斯，怎么能不看马蒂斯呢。"

之前朱箔告诉过他，她在汤显祖戏剧研究中心工作，所以他把她看作是搞文艺的人。

她不仅是孙安福的家属，而且是个搞文艺的人。

他动不动就会在对话里这么插上一句，"你这个搞文艺的人"。

她喜欢听导师这么说。

马蒂斯博物馆空荡荡的，只有寥寥的几个人而已。

她时不时会站定了，等师母过来。师母一直和孙安福走在后面，两人轻声聊着天，也不知在聊什么，想必聊不了马蒂斯的。孙安福这人，连达·芬奇的《蒙娜丽莎》都欣赏不了呢——"那个没眉毛的女人，到底好看在哪儿？"他从卢浮宫回来后不止一次这么问朱箔——更别说马蒂斯的怪诞且夸张的《蓝色裸女》了。但他站在画前的表情，倒看不出不耐烦，甚至可以说喜悦，想必他赋予了这行为另外的意义。毕竟陪导师和师母看画，也是在执弟子之礼。朱箔这么揣摩他脸上的喜悦。他这个人，做任何事，总要追问意义的。如果某件事他认为有意义，就会欣然而做；如果无意义，那就不做，或者不那么欣然而做。这一点，和朱箔不同，朱箔是不管意义不意义的，只管自己喜欢不喜欢。比如此刻，她是喜欢的，喜欢什么呢？显然不是马蒂斯。可以说，她内心洋溢的喜悦和马蒂斯没有一丁点关系。"怎么样，小朱？值得一看吧？"出来时导师问朱箔，朱箔"嗯"一声，算是作答了。不知为什么，她开始端谨起来，一种女人和男人初交往时的端谨。不知不觉间，她已经把导师当男人了，之前还是导师呢，所以和他说话时，朱箔的语调是明亮的，明亮得像尼斯的蓝天大海和各种各样颜色鲜艳的植物。但突然间，她韬光养晦起来。"小朱，中午我们就吃 Pissaladière 如何？""嗯。""嗯"过之后，朱箔又半折过身，对着后面的师母和孙安福，鹦鹉似的重复了一句，"中午我们吃 Pissaladière 如何？"朱箔其实不知道 Pissaladière 是什么，后来发现不过是洋葱凤尾鱼酱比萨饼，一点儿也不好吃。可这有什么关系呢？

从尼斯回来的当天，朱箔就在公寓门口遇到了何寅。

还有他的未婚妻。他未婚妻在巴塞罗那建筑学院读研究生，这一回来巴黎是实习。

之前朱箔是知道何寅有未婚妻的，他房间的墙上，有一张女人的黑白速写，细腰，丰臀，大嘴，纷乱的短发，看着有点不像中国女人。"谁?"她问。"我未婚妻。"何寅抱住她说。朱箔当时一点儿也没嫉妒的，也不是嫉妒的身份，朱箔只是笑笑，还仔细研究了一下速写的线条和落款，速写的左下方，有两个龙飞凤舞的字：小鱼。"她叫小鱼?"她问何寅。"小名小鱼。""大名呢?"她白一眼何寅，问。"大名余繁。""烦人的烦?"她故意逗何寅。"不，繁忙的繁。"何寅纠正着，一边在她身上动作着——也不过十几天的事，墙上的小鱼就到眼前了。

朱箔没想到，小鱼是这么五颜六色，头发是短的，参差不齐的短，前面染成了蓝绿色，孔雀羽毛一样，石榴红镶金属铜片带流苏的吊带小背心，浅蓝色露膝牛仔裤。十个脚指甲，颜色个个不一样，天花乱坠般绚丽夺目。

"这是孙老师，这是朱老师。"何寅介绍着，朱箔僵硬地点点头。小鱼灿烂地笑，这个女人的嘴真是大，涂了肉桂色唇膏的嘴亮闪闪的，像一只张开的桃花水母。

她不能期望更多了，朱箔知道的，事实上，朱箔对何寅也并没有期望什么。

可朱箔想何寅了，很想。

在尼斯的几天，她几乎没怎么想起何寅的。是因为什么呢？她突然这么想何寅了。

老蠹又在热情地张罗"聚一聚"了，这一回聚的理由是为小鱼接风。"也为你们压压惊。"老蠹说。

他们回来的第二天，也就是 2016 年 7 月 14 日，就传来尼斯恐袭的消息，一辆大卡车疯狂地碾压正看烟花的人群，一边碾压，一边还用枪扫射——而碾压和扫射的地点，就在他们那几天傍晚散步和看风景的英国人大道上。

如果他们晚回来一天，或者恐袭早发生一天，那他们就有可能成了那八十四分之一——八十四是这次恐袭中丧生的人数，包括男人，包括女人，包括孩子。

那位穿明黄裙子戴珍珠项链的英国老妇人呢？还有她那只叫 Emily 的母狗？13 日晚上七点多的时候，他们几个还一起坐在英国人大道的海边长椅上，看天边鸭蛋黄一样的夕阳，看夕阳下一点一点的海鸥，看海里一点一点的人头。那个老妇人笔直地坐着；那只狗，也笔直地坐着，一动不动盯着前方，看得特别认真。老妇人说，Emily 其实什么也看不见，她老了，得了白内障，但她喜欢坐在这儿，坐在这熙熙攘攘的人群里。每天不坐到十点就不肯回去的——她也不认得钟，不知道她是怎样知道时间的，但她就是知道。只要时间没到，怎么拉她都不肯走，九点五十都不肯走的，但只要一过十点，她就肯走了，虽然不情愿，还是会听话地走。Emily到底是很有教养的小姐，老妇人说。她们每年都来这儿度过盛夏的。每年。约克郡太抑郁了，即使对一只狗而言。

新闻里说，恐袭发生的时间是十点四十五分，也就是说，那个英国老妇人，和她的有教养的Emily小姐，在那个时间已经回酒店了吧？

但她们肯定走不快的，她们那么老了，还优雅得很，而那条英国人大道又长，全长五公里呢，说不定大卡车碾压时，她们还在那条漫长的大道上缓慢且优雅地走呢。

朱箔一时生出了牵挂。人与人之间就是这样吧，也不一定彼此要发生情深意长的感情，但只要在一起过，就会生出牵挂的吧？

就像她和何寅。她和何寅的关系，不算爱情，这个她也知道。可就算不是爱情，她也可以想他吧？

孙安福一直噫吁唏着，为他们的劫后余生。他倒真是需要"压压惊"的。现在欧洲不能待了，不能待了，他说。惊魂未定的。还是我们国家好，还是我们国家好。

他们在国内居住的城市，是三线城市，什么都落后，政治、经济、文化、交通——国际航班的话，也就东南亚的那些国家可以直飞，而世界上那些个发达国家发达城市，基本都要从上海或北京中转。原来他抱怨这个的。不方便，太不方便了。但现在突然发现，落后原来也有落后的好——至少可以躲在那儿过虽然落后却太平无事的生活。

这一回聚餐的菜都是孙安福准备的，朱箔说自己身体不舒服。哪儿不舒服呢？孙安福关切地问，他一向对朱箔的心情不怎么介意，但对朱箔的身体问题却是十分关心的，稍有一点儿头疼脑热就紧张得要命。没事，朱箔皱了眉推开孙安福放到她脑门上的手，他就会这个，只要她说不舒服，他就去摸她的脑门，看看是不是发烧了。还有就是煮上一大锅籼米清粥，孙安福认为，籼米——特别是春种夏收的早籼米，吸纳了天地间生机勃勃之气，是世上最好的药，什么病都能治：感冒、肚子疼，甚至湿疹。

有一回，朱箔左食指指腹上长了密密麻麻的粉红的疹子，他也煮了一锅籼米粥，硬要她喝。

朱箔以前根本不认识籼米。朱箔对米的认识，也就是能区分出大米小米，或黑米薏米，谁能认识籼米呢？还早籼米晚籼米。

而且早籼米的粥味，寡得很，不稠，也不黏，难喝得要命。

不过，孙安福比杜颉颃强。杜颉颃在她生病时，只会坐立不安，在窗前站一会儿，在过道里的植物前站一会儿，然后找个借口逃跑。"怎么办呢？有点事，需要我马上去处理一下。"

想想也没意思。他或许打一开始，就没想过和她共患难的——她于他，不过是一首怡情遣兴的"侧艳之词"，而"一个失败的留白"，才是他堂而皇之的庙堂文章。

她不是不懂，至少后来她是懂了的，可为什么还会一而再、再而三地深陷其中？

见了小鱼之后，她也颓丧的——小鱼是那么年轻，那么新鲜，新鲜到让朱箔自惭形秽。这是前所未有的事，朱箔什么时候自惭形秽过呢？她怎么可能形秽呢，形向来是她的利器，是她最拿得出手的东西，她就是靠这个，一直自得其乐地活着呢。

可她最拿得出手的形，在鲜艳得让人炫目的小鱼这儿，也老了。

但诡异的是，她一边自惭形秽着，一边又按捺不住要找何寅，愈加要证明什么似的。"我们就这样了，是吗？"她守在何寅去学校的必经之路上，问何寅。何寅读博第三年了，正是毕业论文的紧要关头，几乎天天都上办公室的。

"不这样，还能怎样？"何寅反问她。

还能怎样？——她也不知道。

听苏说何寅一毕业就要回国的，单位都谈好了，是碧桂园集团。小鱼呢，自然要夫唱妇随，他们两个都是从同济大学建筑系出来的，算大师兄小师妹，一个搞建筑土木工程，一个搞建筑设计。将来的理想，是在中国开一家夫妇建筑公司，有一天在中国造出"米拉之家"和"巴特罗之家"那样名垂世界建筑史的房子。苏说，小鱼之所以要去西班牙巴塞罗那建筑学院读书，就是因为喜欢高迪的"米拉之家"和"巴特罗之家"。喜欢得不得了。

朱箔听苏说着何寅和小鱼的过去和将来，像听传奇一样。

这些年轻人，真是匪夷所思，看着明明是玩世不恭的"堕落的一代"，却有"名垂世界建筑史"的宏伟理想。"名垂世界建筑史"那样的事情，和把头发染成蓝绿色孔雀羽毛一样的小鱼，和若无其事地与有夫之妇睡觉的何寅搁一起，怎么也不搭吧？他们这是马蒂斯的野兽派？是后现代主义的混搭？

她实在看不懂他们这种玩世不恭的严肃，就如看不懂马蒂斯和毕加索一样。

"我们有过美好的时光，不是吗？"何寅最后说，曲终奏雅般的。

朱箔后来也自省过的，为什么要和何寅睡？

是因为天生骨头轻吗？

姆妈和朱玉一直说她骨头轻的。她一米六四，比朱玉还高出两厘米，重量却比朱玉轻出不少，朱玉一百二十多斤呢，而朱箔却只有九十几斤。不是因为朱玉胖，朱玉一点儿也不胖，直溜溜的，像没发育的男孩子一样，看着比朱箔还清瘦。但她就是重。

因为我骨头比你重，朱玉说。

朱玉的骨骼是比朱箔粗大，手腕脚踝，甚至面颊下颌处，都有明显突出的骨头；而朱箔的身体，几乎看不到骨头的存在。杜颉颃原来说过，他最最喜欢她的地方，就是她的"柔若无骨"。

姆妈和朱玉有时当面也叫她"轻骨头"。

开始她是无所谓的，骨头轻是她身体的一个特征，就像她的长眉，她的眉毛比朱玉长，不用画，也是长眉入鬓。而朱玉只有半眉，所以她偶尔也当了朱玉的面叫朱玉"半眉"的，姊妹之间嘛，总会有这种不伤大雅的玩笑的。即使她们不是那么亲密的姊妹。

但后来有一次，她听到她们在厨房里议论她，那是她和孙安福结婚的第一个月，她带了他回老家。"总算安生下来了。""这个轻骨头，谁知道能安生几时？"

她这才知道她们嘴里的"轻骨头"，和她嘴里的"半眉"，不是一回事，她叫朱玉半眉，只是字面上的意思，而她们叫她轻骨头，却是隐喻呢。

她怀疑她们是知道了杜颉颃他们的。她从来没有告诉过她们什么。姆妈也罢，朱玉也罢，只要有机会，就会做出一副推心置腹的样子，试探她，尤其后来，朱玉结了婚，又生育了，对男女之事变得无所顾忌，便总想以一个过来人的身份和她交流心得。好像也知道她这方面经验丰富似的。这种时候她总是守口如瓶。倒不是因为戒备，而是她不愿意和另一个女人谈论这种事情。

她打小就喜欢一个人待着。

这也是她姆妈不怎么喜欢她的地方。"这妹头，是孤老的性子。"她听到过姆妈对父亲这么说。半是憎厌半是操心的语气。姆妈担心她嫁不出去，尤其是她过了三十岁之后。在他们那个小地方，三十几岁的妹头，也只有嫁鳏夫给人当后母的可能了。

所以当别人介绍孙安福，她姆妈急得什么似的，就怕她又看不上这个男人。可因为太怕，倒吓得什么都不敢说了，小心翼翼地看朱箔的脸色行事。一向不开口的父亲，这一回倒是说话了，"差不多的话，就嫁了吧"。

那时杜颉颁刚刚对她说了"相濡以沫，不如相忘于江湖"。

她就这样嫁了"差不多"的孙安福。

说起来，她的婚姻倒也算"父母之命，媒妁之言"。

朱家人都喜欢孙安福，尤其朱箔姆妈，现宝似的带着他到处转。"我大郎婿"，她对菜市场的屠夫说；"我大郎婿"，她对卖小笼包子的顾阿姨说；"我大郎婿"，她对坐在弄堂口剥毛豆的苏家婆婆说。

你怎么不对大黄说"我大郎婿"呢？

大黄是对门苏家的狗。

朱玉讽刺姆妈。姆妈这么炫耀孙安福，朱玉有点儿看不下去。虽然她自己也是喜欢孙安福这个姐夫的。

"我大郎婿"，姆妈果然调皮地对大黄来上了这么一句。

大黄懒得理她，兀自盯着朱家桌上的一碗红烧肉出神。

一家人大笑，包括老朱，也少有地笑出了声。

这种时候朱箔也觉得好。看画似的看着他们。

她也觉得虚惊了一场——替他们。他们原来一定以为她是过不上这种正常生活的。所以他们的喜悦里，有一种失而复得的、矫枉过正的夸张，一种如释重负的轻松。她原来一直是他们的包袱呢，这么多年。想想，她真是欠了他们的。

她心头一软，暗暗下决心要好好和孙安福过的。也就剩下半辈子了，半辈子，闭上眼，倏忽的事吧？

可还是出了纰漏。

"这个轻骨头，谁知道能安生几时？"

她们真是长了后眼。果不其然，她又和何寅睡了。

她总是喜欢更好的东西，没办法。

那之后，朱箔和公寓里的几个中国人就几乎没有来往了。

她现在经常去 Champs sur Marne，那是导师一家住了十五年的小镇。

镇上除了导师一家，没有其他中国人。事实上，亚洲人都很少，除了导师家，另外只有一对日本夫妇，在镇公墓边上开了一家寿司店。

朱箔觉得奇怪，在墓地边上开餐馆，能有生意？但师母说，外国人不忌讳这个的，不但不忌讳，而且觉得很好，因为比起生者，死者更安静。

导师的儿子池，还有女儿芙，喜欢吃那家店里的金枪鱼寿司，还有三文鱼籽寿司。日食在法国是很贵的，所以他们也只有在特别重大的日子，比如导师获得教授职位，比如池考上了巴黎高等师范学院，才会去那家寿司店。多数时候，他们在家吃。师母是北方人，会包"好吃的饺子"——这是导师的同事，以及池和芙的法国同学的评语，他们一来，就会叫嚷说要吃"好吃的饺子"。

导师家的房子是一栋二层小楼房，尖顶，淡黄色墙面。有好看的双层木窗，种满了花花草草的前院后院。后院还种了一棵樱桃树，师母说，这棵樱桃树是他们搬进来的那一年种的，是延巳的一个西班牙同事送的，也不知是什么品种，特别难侍候，又是枯叶，又是死枝，又是长虫——一种叫卷叶蛾的虫子，前翅特别宽，身体小小的，但食量大得惊人，几天时间就可以把一树的樱桃叶子蛀成一面面椭圆形的小筛子。她气得差点儿就把它拔了，嫌它煞风景——不仅煞自家的风景，也煞邻家的风景。在法国人的生活里，风景可是重要的东西。但她到底没舍得，毕竟亲手侍弄了好几年呢。也好在没拔，因为后来有一年病恹恹的樱桃树突然灼灼其华起来，还结了很多樱桃，多到吃不完，只好做樱桃酱，泡樱桃酒。隔壁那个老头——就是院子里种了绣球花和迷迭草的——是这个镇的镇长，特别喜欢喝她泡的樱桃酒。

镇长是个很有意思的老头，有一回，他很认真地问师母，会不会用筷子夹苍蝇？他以为所有的中国人，都会包饺子，也都会用筷子夹苍蝇这种中国功夫，像电影里的 Jet Li 一样。

孙安福和导师在书房讨论问题的时候，朱箔和师母一般就坐在后院，一边喝咖啡，一边这么漫无边际地聊天。

有时她们坐在起居室里，师母家的起居室，朱箔也喜欢。朴拙的红砖壁炉，宜家的藏青色布艺沙发，土耳其大花地毯。师母说，那块阿拉伯风格的奥斯曼宫殿羊毛地毯是十几年前在伊斯坦布尔买的，延巳那一回是应邀去伊斯坦布尔大学做一个讲座，讲座结束后他们一起逛集市——延巳每到一个陌生的城市，除了逛书店，还很喜欢逛集市的，说集市中有"真正的人民生活"——他们在一个老妇人的摊子上买的这块地毯，那个满脸都是皱褶的老妇人已经九十多岁了，有二十七个孙子，十八个孙女。生意做成后，她闭上眼双手合十虔诚地对着地毯念念有词，他们好奇地问她对地毯说了什么。老妇人说，她是向地毯告别呢，并且祝福这块地毯的主人，也要和她一样，拥有二十七个高大健壮的孙子，十八个美丽的孙女。

师母大笑，怎么可能呢，二十七个孙子，十八个孙女？

但延巳当时听了真是很开心哪，她还清楚地记得，从集市回来时，他咧着嘴笑了一路。

比起女人，男人对生物繁衍之事，恐怕更加热衷呢。

你们年纪也不小了，为什么不要个孩子呢？师母突然问朱箔。

为什么不要个孩子呢？不少人这么问过朱箔。

在朱箔之前，孙安福是有过一次婚姻的。

关于离婚的原因，孙安福和朱箔第一次见面就说明了的，是因为他不育。至于为什么不育，孙安福说得有些语焉不详，好像是小时候得过腮腺炎什么的。腮腺不是长在耳朵下面吗？和男人的生殖器官离得那么远，远到风马牛不相及的程度，怎么会造成不育呢？朱箔实在搞不懂。但搞不懂朱箔也不问，朱箔一向不喜欢盘根究底的，再说，这事朱箔也没有问的兴趣。

对许多女人而言，男人不育可能是天大地大的事，所以孙安福对朱箔说明这个的时候，是青白着脸的，带着破釜沉舟孤注一掷般的决心。但朱箔倒是看得云淡风轻，甚至还隐隐有些释然，也不知为什么。但这事朱箔是瞒了家里的，包括孙安福离过婚。朱箔做事，本来喜欢我行我素，既然打算好了要嫁孙安福，又何必节外生枝？

如果姆妈知道了孙安福这些，想必不会春风满面地对邻居说"我大郎婿""我大郎婿"了。

这两年姆妈没有少说"你们年纪也不小了"的话，但她也只敢说这半句，后面的那半句姆妈从来不说的，她知道朱箔的性子，怕多说了有害无益。

她在孙安福面前倒是没有忌惮："安福，你们怎么不抓紧时间要个孩子呢？"

这时候孙安福总是笑而不言，有时被逼得没办法，就说"您还是问朱箔"——好像不生孩子是因为朱箔似的。

朱箔从来不怪孙安福的这种推诿。无所谓，就算别人以为她的身体有毛病，朱箔也不在乎。

这是朱箔的好。孙安福之所以时常迁就朱箔，也是念着朱箔身上有这种不落俗套的东西。

偶尔也有人问朱箔，像师母这样问"你们为什么不要个孩子呢？"朱箔也不多说什么。这倒不是因为朱箔有多体恤孙安福作为男人的自尊心，而是怕麻烦。朱箔向来不擅长和女人聊天的。尤其聊那些有衍生性的话题，没完没了地让朱箔烦不胜烦。所以，和女人在一起的时候，她往往听得多，说得少。

好在，许多女人都有自说自话的习惯。

我生芙时差不多就是你这个年纪，三十八呢，本来不应该生的，我高血压，生池时就大出血，医生说无论如何我不能再要孩子的，不然会有生命危险，延巳吓得够呛，不停对我说"我们不要了，我们不要了"。但我知道他想要一个女儿，非常想，每次在外面遇到长得好看的小女孩儿，他都像花痴一样，目不转睛地盯着人家看。你不知道芙出生时他的样子有多可笑，哭得稀里哗啦的，这辈子我还没见过他哭呢，他的父亲，他那么爱戴的父亲得胃癌死时他都没哭呢。他是个标准的中国男人，虽然在国外生活这么多年，但对自己至亲的人，还是吝于感情表达的。但那天当着法国医生护士的面，他给了我这辈子最长最紧的拥抱，紧到差点儿没把我憋死呢。

夫妇的恩情，其实是生了孩子之后才建立起来的，那之前，只是男女，师母说。

他们生芙时条件也不好，延巳那时还不是教授，只是讲师。法国讲师的收入，并不比水管工人高，一个月不过两千来欧。这两千欧要付房租——现在这房子是后来买的，他们那时还是租房住；要付延巳的书费，延巳爱买书——一个男人，还是在大学工作的男人，又没有其他不良爱好，只是爱买书，你能反对？不能啊，只能由他买。他买专业书，买非专业书，哲学、历史、宗教、生物，什么乱七八糟的都买，还美其名曰

"跨学科研究"。有一次，他还买了两本厚厚的波斯语书，可他明明一句波斯语也看不懂啊！问他那书讲什么的，他笑靥如花地说，不知道。不知道还买？他挠挠头，说，看着喜欢。你说气人不？法国的书又贵，一本几十欧呢。所以每回他说要去书店逛逛，她都吓得心惊肉跳。可延巳那个人迂得很，天真的迂，完全不谙世事的迂。也是奇怪，她还就喜欢他这点迂，所以想尽办法保护和珍惜他的迂，好像他一旦失去这个迂，就失去了他这个人一样。

但生活总是生活。他躲在象牙塔里，她就要出去。在池和芙读书的那些年，她都在外面兼职。她在国内大学读的专业是历史文献学，中国的历史文献学在法国有什么用呢？没有，一丁点用处也没有，她只能去当超市收银员，当餐馆招待，当钟点保姆，什么都做，有时还同时做两份工呢，上午九点到十一点在一家做保姆，下午两点到四点又在另一家做清洁，回家后还要给孩子和延巳做饭，那个累，累得晚上一拿到书，没看上半页，就打起了瞌睡。他对此还颇有微词，"你现在是个不读书的女人了"。

他们家是没有电视的，延巳不让买，认为那是"小儿连环画"一样的东西，不但会"使人懒惰"，还会"伤害人的思维能力"。

延巳最看不上的，就是不读书的人。当初他看上她，就是以为她是一个读书的女人。他是在火车上遇到她的，从巴黎到芒什的几小时，她坐在他对面，读《蒙田随笔》。

他后来对她说，一个在火车上埋头读蒙田的女人，是可以共度一生的。

其实那是室友的书，临出门她看都没看一眼胡乱拿了塞到包里的。

这是多么侥幸的一个"胡乱"哪，以至于后来她一直有些不安——如果那天她没有拿上那本书呢？是不是他就不会和她搭腔了？是不是他们就做不成夫妻了？

其实那书讲什么鬼东西她一点也没看进去的，之所以几小时盯着它，不过是"团扇，团扇，美人病来遮面"的意思，虽然她不是什么美人，但他不在乎，"一本书有没有价值，不在封面"，他这么说。好像这句话能安慰她一样。

但她还是心虚，好像把他骗上了手一样。为了弥补，她因此真的读起书来。有些事情，不论你开始喜欢不喜欢，只要坚持做下去，慢慢会真的喜欢起来，就如吃香菜和奶酪，她原来是极憎厌这两样东西的，但因为他喜欢，她学着吃，后来竟然也喜欢了。

他们家的经济情况好转是延巳当上教授后的事，那时池和芙已经读高中了，她这才辞了外面的事，开始身无旁骛地做起了教授夫人。

偶尔她还会参加这个镇的一些活动，一些被池和芙讥笑为"妈妈的政治生活"的活动，比如镇长的年终述职，比如镇中心大道两边花坛的植物改造计划——原来花坛里种的是桔梗花和迷迭花，后来改成球兰和薰衣草了——这倒不是她热衷于参政督政，而是盛情难却。镇长和镇长夫人，总是郑重其事过来请，她不好意思不去，有点儿抹不下面子，这也是中国人的人情世故——识抬举。她知道，虽然延巳和这个镇的人，没有任何来往，只是路上见了"Bonjour"一句的关系，但他们知道这个个子不高的有几分严肃的中国人，是巴黎某大学的教授和系主任呢，知道他那个同样个子不高同样严肃的儿子考上了巴黎高师呢。所以他们在用他们的方式，表达对这家中国人的尊重。

她在这个镇的人缘很好，到外面办事，不论是去邮局，去面包房，去肉铺，总是被十分热情地招呼，池和芙又讥笑说这是她"樱桃酒外交"的结果，但她觉得他们夸大了樱桃酒的意义。

不是樱桃酒是什么？他们问。

是因为你们妈妈性格好，皮埃尔教授不是说你们妈妈

"温柔得像莫奈画里的睡莲"吗？

皮埃尔是延巳的老同事，到过他们家好几次的，最喜欢吃她包的萝卜虾仁水饺，还有她烧的"春雨"——其实就是粉丝汤，她看过《撒哈拉的故事》后，也学三毛，开始把粉丝叫"春雨"了。

但她知道不是。若论温柔，她能温柔得过那家寿司店的日本女人？那个女人笑起来的样子，才"温柔得像莫奈画里的睡莲"呢。

可镇长夫妇，并没有上门去请那个日本女人参政议政。

所以，她还是"狐假虎威"了。

只是被她假的那几只"虎"，不知道这个，还很崇拜她的"政治手腕"和外交能力。

她捂了嘴偷着乐。

这是她的好时光。想想，时间多快呀！一晃，大半辈子就过去了。快六十的女人，按说应该早就"歇菜"了，像国内她那些女同学所说的那样，"黄花菜都凉了"。但她过着过着，却觉得岁月愈加流光溢彩起来。

真是流光溢彩呀，朱箔想，师母和她聊这些的时候，脸上总带着菩萨似的光芒。

朱箔是不喜欢菩萨的，但这是代价，坐在这花团锦簇的后院，这花团锦簇的起居室，怎么可能什么代价也不用付呢？那也太说不过去了。

朱箔去巴黎索邦大学学习是导师提议的。

你这个搞文艺的人，到了巴黎，怎么能不进大学熏陶熏陶呢？

孙安福对此是不以为然的，他压根不认为朱箔是什么"搞文艺的人"，而且，搞文艺为什么要来法国搞呢，法国的粒子物理学或许比中国先进，但文艺这东西，应该还是花开两朵各表一枝的，谈不上孰优孰劣。但孙安福不想反驳导师，导师在巴黎生活三十多年了，已经是个事实上的巴黎人，虽然近年，他也经常回国，因为在几所大学担任了客座教授，又入选了国家"千人计划"，但他充其量也只能算是个前中国人而已——"华裔法国物理学家"——如果他得了诺奖什么的，身份应该是这样被介绍的。

其实何止于此，导师在情感方面也一样有了鲜明的倾向性，这一点他自己可能不承认，但孙安福在导师第一次去戴高乐机场接他们去公寓的一路上就听出来了——"你们看看法国的天空""你们看看法国的街道""你们看看法国的老太太"——他已经情不自禁地，以在这里为骄傲了。

朱箔鸡啄米似的点头不已。关于法国的好，法国的美，他们俩倒是颇有共鸣的。

所以，当导师一提出去大学"熏陶熏陶"的建议，朱箔马上就面红耳赤两眼炯炯了。

孙安福当时没说反对的话，他以为导师也就那么姑妄一说，他姑妄一听就是了。

谁料想，导师竟是认真的。第二天就着手帮朱箔联系起来。他有个熟人，是某个同事的夫人，在索邦大学当教授，搞艺术史的，一听朱箔在国内是汤显祖戏剧研究中心的，不假思索就答应了——索邦大学教授正好对东方古典戏剧有浓郁的研究兴趣，曾经在一篇《十七世纪东西方戏剧之比较》的论文里面就写到过汤显祖呢。所以她不但很高兴朱箔到她那儿做短期访学，而且因为手上有课题经费，还可以部分解决朱箔在访学期间的生活费用呢。

太好了，太好了，师母也兴高采烈。

孙安福讪讪地："你真要自己留下来？"不相信朱箔有这个胆似的，毕竟那个叫阿黛尔的导师是法国人，而朱箔几乎不会用法语交流。

没关系的，导师说，这种短期访学不要求导师和访问学者有多少实质性的交流合作，不过是建立起联系，共享一些研究资源而已。

而且，阿黛尔也讲英语的。

朱箔的英语也不怎么样，但她倒没有太担心这个，她这个人，本来就是随波逐流的性子——这也是姆妈瞧不上她的地方，"一个女人，不会为自己的将来打算"。她怎么没有为自己的将来打算？只是她的打算她们看不懂而已，"燕雀安知鸿鹄之志"，自古至今，忧心忡忡且忙忙碌碌的，总是那些燕雀们。

而且，这一回，不是导师建议她留下来的吗？

师母现在成了朱箔的朋友。去 Torcy 警察局办长居，去 Melun 移民局体检，去小巴黎看房子，都是师母陪着去的。

孙安福要先回国，他一年的访学十月底就结束了。

朱箔从东部大学公寓搬了出来，"住在那个鸟笼一样又正对着垃圾桶的房间实在太没意思了"，她对师母说。

索邦大学在小巴黎，最繁华人口最稠密的拉丁区，在那儿租房子贵得离谱。

师母陪朱箔去看了几处房子后说，要不，你住到我家来？

住她家哪儿呢？师母家并没有多余的房间，一楼是厨房、起居室、书房，二楼是他们三个的卧室，导师和师母一间，池和芙各一间。

或许住池的房间？池在学校寄宿，因为是大四了，一边要做毕业论文，一边还在外面实习，所以不怎么回来的。

但师母并没有这样的打算。师母说，不嫌弃的话，小朱，把那间阁楼收拾出来给你将就将就，如何？

阁楼在二楼的东边，是个上海亭子间一样的地方，只有六七平方米，里面放满了杂物——池和芙小时候骑的自行车，熨衣架，好几摞书和杂志，角落里还有一台黑布蒙着的大家伙，想必是旧洗衣机。朱箔扫一眼，没说话。

其实这儿原来也当客房用的，导师有个学生，在去里尔之前，就在这个房间住过两年呢。

好好清理一下，放个气垫床，放个小茶几，一个人住，还是可以的，师母说。

看书什么的，你可以到下面书房，反正白天我一般去学校，导师说。

她们没有议房租的事。这种阁楼，谈房租师母想必也张不了口。

但朱箔还是决定交房租。总不好意思白住吧？朱箔在电话里问孙安福。

其实也没关系的，自己导师，也不是外人，孙安福说。

可朱箔不想。朱箔这个女人，从来不喜欢在经济上占别人的便宜，这也是姆妈和朱玉虽然不怎么喜欢她却仍然和她保持密切联系的原因之一。"这个月的二十号回来一趟吧，你父亲生辰呢。""这个周末有时间吗？我们的小店开张呢！"她自然不回去，她们知道的，但还是会通知她，每次她都会用手机转笔礼金回去。

偶尔忘记了，姆妈和朱玉之后还会想办法提醒她："上次我们店开张时，表妹都来了呢，穿一件短短的蓬蓬裙——什么年纪了，还穿蓬蓬裙。"

她于是自觉地补上，因为是补，所以愈加要多给点。这总能让她们高兴一段时间。她们虽然一再抱怨她寡情，因为她电话少，因为她回家少。"××家的女儿，又回来看父母了。"姆妈没少这么含沙射影指责她。但在经济上，她们对她真是无话可说的。她指间缝宽，姆妈说，指间缝宽的人，在花钱方面，都大方的。不像朱玉，朱玉五指一并，密实得不见一丝一毫空隙。

和孙安福结婚后，他倒是嘀咕过的："你们家不讲礼尚往来的？"

他的意思是，朱箔生辰什么的，从来不告诉家里。她们也不问，好像朱箔没有生辰似的。

但朱箔从不计较这个。

要不，你象征性地交个一两百？孙安福说。

朱箔不想理他了——交个一两百，还不如不交呢！

最后她给了六百欧。

于阁楼而言，月租六百欧有点多，朱箔也知道，但朱箔是出手宽绰惯了的。

她以为师母会客气一句的，"不用了吧"，或者"用不着这么多吧"。但师母没有，好像没看见朱箔放在桌上的钱一样，只问她："来杯咖啡怎么样？"

一时朱箔倒无语了。幸亏没有听孙安福的话。"也不是外人"——他倒是会自作多情。

这也好，朱箔想。她本来也不善于和女人做朋友的，现在更简单，她们变成房东和房客的关系了。

第一次去索邦大学见阿黛尔是导师开车送朱箔去的。

之前朱箔查了地图，先坐十九路公交，然后地铁，地铁要转，先是一号线，再四号线，然后再步行几百米。阿黛尔的办公室在艺术楼的四楼，她上午九点至十点在办公室等朱箔。

但师母说，延已，你不是要去学校吗？要不让小朱先坐你的车到 Noisy Champs 地铁站？省得她还要去坐公交。

也行，导师说。

师母的路子，朱箔有些搞不懂。一个老女人，难道不应该警惕身边的年轻女人？这是雌性生物的本能吧。她姆妈快七十了，每回楼下的凤春来她们家串门，姆妈都会目光炯炯地盯着，她父亲其实从来不和凤春搭腔，不敢，因为一搭腔，她姆妈的脸色就不好看了。"骚鸡公。"凤春一走，姆妈就会咬牙切齿地骂父亲。父亲被骂得面红耳赤，却从不辩解，只是摇头不已，一副"唯女子与小人难养也"的悲痛表情。朱箔觉得好笑。那个叫凤春的女人，就比姆妈年轻几岁，也是六十出头的老女人了，脸上的褶子深得脂粉都遮不住。姆妈竟然还为她争风吃醋。而师母这样算什么呢？

延巳，我想和小朱喝杯啤酒，你要不要也来一杯？

延巳，我和小朱想去后面公园走走，你去不去？

导师一般都会积极响应她倡导的活动——好吧，我正好也想休息休息。

或者，她和导师要去哪里，也十分亲切地招呼朱箔。

小朱，我们去超市转转，你去不去？

小朱，我们要去马恩河钓鱼，你要不要一起去？

朱箔并不喜欢这种三人行的活动。钓鱼这样的活动还好，导师专心钓他的鱼，师母和朱箔坐在远一点的草地上，一边看书，一边聊天。其实是师母聊，朱箔听。有时也不听，不过做出一副听的样子。

看书也是如此，与其说她在看书，不如说她是做出一副看书的样子。

她这个人，最擅长的，还是心不在焉。这是她本性里的东西。

但如果三个人一起散步，或一起坐了喝酒，朱箔就有些左右不适。原来孙安福在，有他陪着师母说话，或陪着导师讨论，朱箔只需敷衍一个，问题不大。现在导师也和她说话，师母也和她说话，而且那话语的性质，基本属于问答句，她不能心不在焉了，要用心听，不然，就答不上了。她不喜欢这样认真的聊天。

她本来就是个不擅应酬的人，喜独处，所以她姆妈说她是"孤老的性子"。但其实她也可以两人相处的，不过是和异性，只要和异性在一起，不管是说话还是不说话，她都能自由自在，如鱼得水。

她不觉得自己有什么不正常，至少符合"同性相斥异性相吸"的物理学原理。

比如导师送她去小巴黎的路上，她内心就有栩栩然的欢愉。师母明明说了让导师送她到 Noisy Champs 地铁站的，但导师却"将在外君命有所不受"，一直把她送到了索邦大学，送到了阿黛尔的办公室。"反正今天没课，天气又好，正好到莎士比亚书店转转。"

朱箔没客气。她是早有预感的，这方面她有天赋。

在阿黛尔那儿待了不到半小时。这半小时也是导师和阿黛尔在聊，聊什么朱箔不知道，她几乎听不懂。她一直做的事情，就是微笑着盯着导师和阿黛尔来回看。不知为什么，她觉得和阿黛尔在一起的导师看上去和平时有点不一样，怎么个不一样法呢？她一时也说不上来。之前她其实没有好好看过导师的，她这个人，干什么都浮光掠影。看书和电影如此，看男人也如此，经常看了和没看效果是一样的。明明才看完《赎罪》，要她讲讲这书，她也茫然得很。因为这个，杜颉颃说她不是人类，而是鱼，竹荚鱼，"人类的记忆力怎么可能这么差？""为什么是竹荚鱼？难道竹荚鱼比其他鱼记忆力更差？""那倒不是。竹荚鱼体形像你，又苗条又丰腴，咬一口，有低等动物所特有的脂肪香。"——这就是杜颉颃，一边嘲笑她，一边又赞美她。她还就吃这一套。赞美她身体总是比赞美她头脑更让她受用。这一点，她和其他知识女性不一样。她们学校的那些女教授，都有某种程度的反身体倾向。好像身体和精神是负相关关系。好像一个人的身体越不怎么样，就说明她精神越怎么样。就这点而言，她天生就不具备成为一个真正的女知识分子的可能性。她总是耽溺于身体。只要有机会，她就想百般取悦自己的身体。杜颉颃是看透了她这一点的。也正因为看透了这一点，他才作践她的吧？只是那时朱箔不知道。我要用低等动物的方式爱你，他说。她当时一点也没有觉得受到了羞辱，还暗暗喜欢他这样一分为二，用低等动物的方式爱她，然后用高等动物的方式爱他的老婆——所谓高等动物的方式，是指没有性生活，还是用高等动物的方式过性生活？她想这么调侃杜颉颃，但没敢，怕杜颉颃生气——他这个人，平时也是可以嬉皮笑脸的，但只要话题一涉及他老婆，他神色间就带上了庙堂般岸然的表情。好笑。仕途男人，都有这种变脸的本事。

比起导师，朱箔对杜颉颃应该更熟悉吧，但如果现在让她详细描述一下杜颉颃的长相，眼睛怎么样？鼻子怎么样？她还真描述不了。一个学院男人，她只能笼统地这么说。

是因为太熟了吗？所谓熟视无睹。

这一年来，她和导师怎么说也见过无数次面了，但坐在阿黛尔的办公室，听着和阿黛尔用流利的法语谈笑的导师，她突然觉得自己是第一次见这男人。

这个男人真是不老。他快六十了吧，还是已经六十了？可看上去也就五十左右的样子。芥末色衬衣下的身体清瘦，是那种所谓"玉树临风"的身体；气色也好，在白种女人阿黛尔的身边，竟然一点儿也没有亚洲黄，而是细腻的珍珠色，倒把毛孔粗大的阿黛尔衬粗糙了；手指甲红润光洁，是长期养尊处优的精致；而风度，又有某种中西合璧的复杂美——既有原生东方人的温文尔雅，又有学贯中西见过世面的洒脱。难怪之前师母说，爱慕导师的女学生络绎不绝。那些外国女生性格奔放，且没有受过我们的伦理纲常教育，所以动不动就敢用纸条甚至直接在走廊上堵住导师说"Je t'aime"。把导师吓得要命。

那时朱箔还有些不以为然——估计那些外国女生是用对中国春卷那样的随便态度来说"Je t'aime"的吧，不然，在这帅哥满大街都是的法国，一个亚洲半老头，哪至于这么受待见？

原来是她有眼不识金镶玉呢。

这倒是前所未有的事。她什么时候会认不出好东西？

直到走进莎士比亚书店，朱箔还没缓过神。

你这个搞文艺的人，到了巴黎，怎么能不逛莎士比亚书店呢？

那里说不定还有海明威的粒子存在着呢，还有斯坦因，还有菲茨杰拉德。当年这地方，可是他们常聚集的地方。

海明威的《老人与海》，真是写得好哇，写出了人类永恒的精神。

文学与科学共同的精神，都是梦想，以及在孤独中对梦想坚持不懈的追求。它们其实是殊途同归的。是不是，小朱？

文学与科学殊途同归——他这是在隐喻吗？隐喻他和她？

从书店二楼的窗户往外看，可以看见不远处的塞纳河，塞纳河岸边的画摊，巴黎圣母院的哥特式尖顶，还有尖顶上方的蔚蓝色天空。

说不定海明威当年也站在这里看过窗外的风景呢，导师说。

朱箔才不管海明威站没站在这里看过风景，她从来没喜欢过海明威，在大学选修西方文学作品选读课时，老师布置大家读《老人与海》，她从图书馆借了回来，一个星期下来，就只读了第一页，然后就还了回去。不好看，实在太不好看了。

可导师说，比起总描写资产阶级生活的法国文学，他还是更喜欢美国文学，美国文学里，有一种波澜壮阔和大气深沉的东西。

朱箔相反。比起"波澜壮阔和大气深沉",她还是更喜欢"资产阶级生活",但她一点也不想和导师唱反调,她此刻的精神状态,有一种只想唯唯诺诺的温驯。美国文学、法国文学与他们何干?她喜欢的,是这样的时光,站在巴黎这么标志性的地方,听着"金镶玉"般的导师在耳边窃窃私语似的聊天,让她突然间产生出一种"今日何日兮,得与王子同舟"的恍惚。

当天晚上,她在微信里对杜颉颃说:"今天,去了索邦大学,见了法国导师阿黛尔,然后和冯延巳在巴黎圣母院对面的莎士比亚书店消磨了一下午。"

冯延巳是谁?杜颉颃问。

不是谁。朱箔故意冷淡地说。

之前导师说过,短期访学不一定要有实质性的交流合作,主要是建立起联系,共享一些研究资源而已。

果然。阿黛尔对朱箔在法国的半年,基本放任自流。不要求学术讨论,不要求阶段工作汇报,不要求访学总结。办公室里虽然有朱箔的半张办公桌——另半张是台北 Monsieur Li 的,但朱箔可以去,也可以不去。

唯一要朱箔做的(甚至这也不是必须,因为阿黛尔用的是"espoir"，也就是"希望"朱箔这样），就是帮忙联系一下汤显祖的故乡临川。阿黛尔想带上一两个学生，去那个产生了《牡丹亭》的地方走一走，看一看。阿黛尔说，中国古代戏剧女性里，她最欣赏两个，一个是《牡丹亭》里的杜丽娘，另一个是《西厢记》里的崔莺莺。这两个女性虽然有着代表中国传统礼教文化的"三寸金莲"，但其勇敢追求爱情的精神，却一点也不逊于莎士比亚笔下的朱丽叶，以及赫米娅。所以，她十分"espoir"朱箔促成此事。

这个不难，对朱箔而言。好歹她在汤显祖戏剧研究中心工作了十几年呢，和临川那边还是有不少关系的。中文系有师生要到那边调研，或者参加相关纪念活动，比如"玉茗花"戏剧节、汤显祖艺术节。而那边不时也会带人过来，查阅文献，或参加他们中心举办的学术研讨会。虽然这些事情一般都是主任出面。主任是个喜欢事必躬亲的人，但偶尔因为身体抱恙，或人在外地出差，实在没有办法"躬亲"，就要副主任朱箔做了。研究中心说起来堂皇得很，其实也就两个人，一个主任，一个副主任。因此，不论朱箔多么孤僻懒散，也仍然认识不少临川那边的人。

再说，阿黛尔不过是去临川"走一走，看一看"，有什么问题？

但朱箔还是先和主任说了这事，这是工作习惯使然，单位有任何事她都习惯先和主任说的。主任好这口，而朱箔也懒得多事，这简直有琴瑟和鸣之意。不像其他部门，正副手之间经常闹权力之争。要说，这些学院研究部门，权力小到实在不能再小，但蚊子虽小也是肉，老师们倒不嫌弃，依然明争暗斗得十分兴头。而朱箔从不争，这让主任愉悦，为此主任在人前人后，经常表扬朱箔的，"小朱这个人，还是很不错的"。

"很不错"的小朱，这一次又汇报了阿黛尔之事，主任听了很重视，这可是他们研究中心和法国索邦大学建立合作关系的大好契机，也可能是他去法国出公差的大好契机——礼尚往来嘛，到时他不但要亲自陪同阿黛尔教授去临川那边"走一走，看一看"，还争取安排阿黛尔教授在学校的"后湖之风"讲坛给全校师生做一个学术讲座，讲座的题目他都拟好了，叫《西方视野下的汤显祖和〈牡丹亭〉》，或者把"视野"改为"视域"？"视域"似乎更有哲学的深度和气质。这样一来，也扩大了他们研究中心的影响。这些年，学校和学院对汤显祖戏剧研究中心太不重视了，对他也太不重视了。他希望能借阿黛尔之力，给他和他们研究中心在学校打开局面——外来的和尚好念经嘛。当然，可以的话，他不但希望阿黛尔礼尚往来地邀请他去法国"走一走，看一看"，最好也礼尚往来地安排他在索邦大学做一个学术讲座，题目他也拟好了，叫《杜丽娘和朱丽叶——东西方戏剧中的女性形象之比较》。在法国大学做过学术讲座可是能说一说的。现当代教研组的老何，有一回到美国杜克大学开一个学术会议，不过是发了一个几分钟的言，后来动不动就说，我在杜克大学如何如何，多厉害似的。当然，这都是后话，首先还是要向院长汇报这事。他知道院长对这事肯定很感兴趣的，院长的女儿是学艺术的，最近正在申请去法国深造呢。在这个时候请一个索邦大学的艺术系教授过来，那不是正中下怀？院长听了果然盎然得很，几乎在第一时间向校长汇报了此事，校长是个高瞻远瞩有国际视野的人，正在为把他们这三流大学如何打造成"国内一流，国际知名"的大学煞费苦心呢，一听这事，觉得可以是实现学校"国际知名"的方法之一，于是慷慨地表示了支持。校长一慷慨，事情就好办了。主任持了尚方宝剑，代表学校和汤显祖研究中心主任的双重身份和临川那边联系，临川当地政府也一拍即合，他们翌年秋天正要举办一个"当汤显祖遇见莎士比亚"的大型纪念活动，届时会邀请许多国际国内文化名人、学者教授过来。而写过《十七世纪东西方戏剧之比较》的法国教授阿黛尔，参加这样的活动，岂不正合适？

而且，临川那边说了，阿黛尔以及阿黛尔的学生过来参加这个活动的一切费用，他们可以全部解决。政府这一次的预算是很充足的。

这个主任倒是没想到的，他本来只需要他们解决阿黛尔在临川那边"走一走，看一看"产生的相关费用，而阿黛尔机票往返以及在这边的食宿，他们校长在表示慷慨支持时已经明确答应了可以在学校国际交流经费里报销的。

这真是一个皆大欢喜的结局。

现在万事俱备，就等索邦大学教授阿黛尔过来了。

阿黛尔自己都不知道，在地球的另一边，那个遥远的中国，已经有许多陌生人在翘首以盼她了。

而朱箔更没想到，自己懵懵懂懂间，就为学校和研究中心立了这么一个大功。

现在朱箔没什么好担心的了，"投我以木桃，报之以琼瑶"，这是朱箔的风格。虽然琼瑶不琼瑶的，姑且不说，总之对阿黛尔也算一个交代了。

连导师都很高兴，他没想到，朱箔这个"搞文艺的人"，原来也颇有文艺之外的能力。这让他在阿黛尔那儿也有面子，毕竟朱箔是他推荐给她的。

淑真，淑真，来杯 VIEUX PINEAU 如何？

他们家是法国人的做派，有事没事喜欢喝上一两杯葡萄酒的，通常喝的是 VDT，也就是日常餐酒，四五欧一瓶的，而 PINEAU，特别是 VIEUX PINEAU，那是少见的。朱箔记得春节那天喝过一杯，配了暗绿色的腌橄榄，用牙签戳了吃。当时和她坐在一起的，就是那个从里尔过来的住过阁楼的中国女人，叫小荣。"刚离了婚，一个人过春节，怪凄凉的。"师母在厨房里小声对她说，"你们聊聊。"可小荣似乎也不是善交际的，两人寒暄了几句，就冷场了。后来还是导师过来解围："怎么样，这酒？"朱箔哪懂，只觉得好喝而已。"VIEUX是老的意思，这可是十年的干邑呢。"导师说话时几乎不看小荣，他们到底是师生，有着不用客套的熟稔。倒是师母，在饭桌上对小荣关怀备至。"小荣，你不是喜欢吃我做的豆豉蒸鲷鱼吗？多吃点。""小荣，胃病好些了吗？"师母知根知底地招呼着。小荣虽然没施粉黛，神情亦有些谨讷，但仍然能看出是个蔚然深秀的美人。年龄应该也不大，不过三十左右的样子。师母如此泰然自若，是不是太大意了？

师母的身上，有一种朱箔无论如何也不能理解的深切安宁。

包括对朱箔，师母似乎也没有一丁点的戒备。

朱箔也有些心虚的。尤其是师母还每天上楼来叫她吃饭。师母收的六百欧月租原来是包括餐食的，甚至还包括衣裳被单的洗熨。每隔一周左右，师母就会替朱箔把床单被罩枕套全换洗了，然后熨得平平整整，折叠好搁在小木几上。朱箔一开始有些过意不去，也觉得没有必要，巴黎这么干净，几乎一尘不染，而自己每天也洗澡的，被子哪里会脏？她自己从没这么勤快的，衣裳倒是天天换，但不是每次都会洗，经常是穿一穿又挂回了衣架。"晾一晾就好了。"姆妈告诉她和朱玉。至于被子什么的，至多是一月洗一回的频率。有时碰到雨季，就一个月也洗不了一回。也不是她多邋遢，而是从小养成的生活习惯。"衣裳都是洗旧的。"她姆妈打小就这么教育她和朱玉，特别是后来有了洗衣机，姆妈更反对经常洗东西了。"那些棉花做的布，经得起在机器里磨几回？还要费水电。"每回楼下凤春家阳台上的洗衣机一响，她姆妈就当了父亲的面骂："败家的娘们，过日子一点也不知道仔细。"姆妈过日子仔细的法宝是多利用太阳，"不用白不用，太阳不要钱，比水省"。于是她家阳台上总是晒得满满当当，朱箔还记得她和朱玉穿过的球鞋，在太阳暴晒下发出的那种奇怪的酸臭味，那味道后来她在某个从身边经过的罗姆人身上重温过。

朱箔是讨厌她姆妈的，但姆妈有些东西还是在她身上顽固地生长了。"所有的女儿最后都会成为她母亲。"有一次看一部法国电影，电影里的母亲这么对不屑一顾的女儿说。她当时听了心惊肉跳。或许真是这样的吧？不然，她为什么也是一个不勤洗东西的女人？

导师的衬衣每天都是换洗熨烫过的，平整笔挺，靠近了的时候，能闻到一种淡淡的香味，是薰衣草的味道。他们家用的是薰衣草香型的洗衣液。"薰衣草能抑菌，能舒缓镇定神经。延巳平日用脑多，这个对他有帮助的。"师母说。

想想，她还真没有这么细致地照顾过孙安福。

"老师真香啊。"她故意使劲嗅一嗅鼻子说。

每周会有那么一两次，朱箔要坐导师的车一起去小巴黎。导师鼓励她多去索邦大学"熏陶熏陶"，朱箔也愿意。总比待在家里好，Champs sur Marne 不大，一周转下来，也就差不多了。这个小镇所有的风景都像奥赛博物馆里的静物画。也美，也静——是绝对的静，静得像庞贝城一样。她真是不能想象师母在这儿日复一日地过上十五年。池和芙去了学校，导师也去了学校，她一个人，独自待在这地方。这会不会是师母愿意让她——包括小荣在她家进出的原因？就算她们年轻貌美，总是一个能开口说母语的人。总是一个知道林黛玉薛宝钗是谁的人——她自己也抱怨过的，说和 Champs sur Marne 的法国女人聊天，是没办法深聊的。她们连林黛玉薛宝钗是谁都不知道！人类的情感需求，应该是按大小次第排列的吧？当精神的孤单变得不可忍受，那么女性的嫉妒，估计就可以克服了吧？说到底，嫉妒那类的东西，还是人类太矫情了。

那么，于师母而言，她们的意义不过是那个在尼斯遇到的英国老妇人身边的母狗 Emily 而已？

朱箔不觉得自己这么想是恶意。她陪师母去过一次十三区的陈氏兄弟超市，买凤梨酥，买绿豆糕。这两样东西在法国只有中超卖。师母说，延巳最喜欢吃凤梨酥了，还有那种油纸包的绿豆糕。小时候，他是祖母最疼爱的长孙，祖母总会偷偷塞一些吃食给他。那个年代，长辈表达偏心的方式，就是食物了。给哪个不给哪个，小辈都会铭记终生的。他祖母的零食都是远嫁广东的姑母过年过节时寄来的，祖母总是把它们锁在她的樟木箱子里，像锁她的玛瑙镯子，金贵得要命，却舍得给延巳，也只舍得给延巳。他弟弟到现在对此还耿耿于怀，每年清明时都会在电话里抱怨说，吃老太太凤梨酥的不是你吗？怎么清明扫墓成了我的事？还真是，延巳回不去，法国清明节又不放假。但延巳在清明那天一定要吃凤梨酥和绿豆糕的，坐在后院，一个人很郑重其事地吃，那是他的祭奠，他的思念。人家余光中说乡愁是一枚邮票，乡愁是一张船票。对延巳来说，乡愁却是一块凤梨酥，却是一块绿豆糕。

什么叫川流不息？这就是了。每回听师母说话，朱箔都隐隐有一种成为 Emily 的幻觉。

十三区乱糟糟的，到处是挂了"朱色"幌子的中国餐馆，到处是说潮汕话的面皮黝黑颧骨突出的中国老男人，置身其中，就像走在中国闽粤地区的街道，朱箔一点儿也不欢喜。

但师母如鱼得水。朱箔纳闷，师母这个人，还真是适应性强，既能在 Champs sur Marne 那种庞贝城怡然自得，又能在十三区这样嘈杂的地方欢声笑语。像某种奇怪的两栖生物，或有着繁密强大根须的生物。

和那个收银的妇人聊了足有半小时，买的东西都放进了小推车，但师母不走，意犹未尽地站在柜台边上和人家聊天，两个半老女人旁若无人，像站在街角般闲适自然，一起的朱箔都不好意思了，但那些排队等着收银的人，没有谁不耐烦，还面带微笑地看着，这倒是有几分巴黎风的，兴慢，似乎日子天长地久，足够他们挥洒。

和中餐店里的伙计又聊了半天。从陈氏兄弟超市出来大约十一点，她们坐地铁回去的话，其实也来得及，煮碗师母拿手的"春雨"什么的，要不了几分钟。但师母要在外面吃了再回去，后来朱箔才知道为什么了，原来她要去见那中餐店里的伙计，他们应该是老相识了，两人一见面，又是一番久旱逢甘霖般的叽叽咕咕。

甚至经过一家修指甲店时，师母也进去盘桓了一小刻。那是一个高大丰满的穿豹纹皮短裙的女人，师母竟然也能和她说上话。后来师母告诉朱箔，牡丹——也就是那个女人，以前在"美丽城"做过的。这句话朱箔开始没听懂，后面才反应过来，所谓做过，就是当过妓女呢。也是没办法，她在法国没有身份的，找不到工作，家里又有两个孩子要读书。其实是个好女人呢，师母喟叹说。

她倒是不论清浊，不论贵贱。

到底得有多孤单呢？

不知为什么，她对师母微微地生出了轻蔑之意。

后来朱箔就开始避师母了。

小朱，去马恩河看芦苇不？

小朱，这两天 Bay2 有打折活动呢，要不要去看看？

朱箔不去。

我为什么要乖乖地当她的一只知道林黛玉薛宝钗是谁的 Emily 呢？

她情愿坐导师的车去索邦大学"熏陶熏陶"。

导师也喜欢和她在一起呢，她看得出来。

每次到了 Noisy Champs，导师的车速就慢了下来——本来车速就慢得像蜗牛呢，这一更慢，就像电影里的慢镜头般，朱箔惬意地半眯了眼，随着车内的音乐轻晃着自己的身体，有时音乐激昂了，她的动作也会随之大一点。这时就有几缕头发拂到导师的左颊和左耳，她知道的，却不停，继续晃。她有一头浓密乌黑的长发，像春天繁荣茂盛的草。她想起师母稀薄的头发，稀薄到露出了脑顶上灰白的头皮，看上去和父亲笼子里的秃头鸟一样。

小朱，要不要我送你去 Sorbonne？每次在 Noisy Champs 地铁站口，导师都会这么客气地问朱箔。

要。她不客气地说，声调是孩子气的——洛丽塔似的孩子气。在六十岁的导师这儿，三十九岁的她，还可以是洛丽塔的吧？

他是想她这么回答的，她认为。

她姆妈说她骨头轻，这真是没有冤枉她——至少有一半是说对了的，只要和男人在一起，她就身轻似燕，而和女人在一起，她身体就会沉重起来，仿佛地心引力这时要强大一些。这一点，连她自己也觉得莫名其妙。

自己的身体质量，难道会因为周围的性别不同而发生变化吗？

到了索邦之后，导师又客气地问，小朱，要不要我陪你一起"熏陶"？

要。她又不客气地说，声调愈发洛丽塔气了。

他们其实不只在索邦"熏陶"的。

他们一起去过雨果故居，"小朱，你这个搞文艺的人，可要好好看看雨果故居里的中国厅"。那间绮艳的中国厅里的东西，是雨果情人朱丽叶的，朱箔看了倒是喜欢。也是奇怪，朱箔原来看故宫什么的，没觉得喜欢过，嫌那大红大紫的颜色俗，可这大红大紫的俗颜色放在巴黎看，倒有一种东方情调的美。

他们一起去过巴尔扎克故居，仔细地看了玻璃橱窗里的巴尔扎克那著名的咖啡壶，"小朱，你这个搞文艺的人，要好好看看这个咖啡壶，巴尔扎克可是靠它写出《人间喜剧》的"。朱箔左看右看，也没看出什么名堂。"怎么看着像夜壶呢？""小朱，你不能这么说话的。"导师严肃地看朱箔一眼说。

朱箔一时有些尴尬。这是她的老毛病了，不知道分寸。总是男人一对她好，她就随便过头了。这方面她受的教训要说也不少了，但她还是没学会。没办法，有些东西她真是一辈子也学不会的。

那天吃晚饭时她就没下楼，她听到师母问导师：小朱怎么了？

怎么了？

她不想吃晚饭呢。

是吗？

导师每次送她去小巴黎的事，师母是不知道的。她以为导师只是捎了朱箔一程而已，"延巳，你送小朱到 Noisy Champs"，每回她都这么叮嘱一句，怕导师忘记了似的。"他这个人，书呆子。"她倒是好心好意。

他确实经常处于思考的状态。即使在吃饭时，也会吃着吃着突然沉吟起来，然后丢下饭碗去书房。上厕所也一样，拿本书进去，就有可能好半天不出来。师母要在外面盯着，十分钟没出来就叫一声"延巳"，二十分钟还没出来又叫一声"延巳"，洗衣机提示音一样。"他又在里面工作上了。"他家马桶边上是有小书桌的，导师可以一边"出恭"，一边看书工作。

这不是对书的作者不敬？朱箔第一次看到这书房似的卫生间，故意问孙安福。

孙安福不作声，他自己是从来不把书带进卫生间的，"在什么地方做什么事"不仅是他的生活习惯，也是他深入骨髓的信仰了。

　　但他不诟病导师，哪怕在背后。

　　入乡随俗吧，他后来这么讷讷一句。

　　这是什么话？难不成法国有在卫生间读书的风俗？

　　或许不拘于礼的人，才能成大事吧？听师母说，导师十五岁就读同济了，十七岁到法国读研，二十岁留校任教。如今手下已有十几个来自欧洲各国的研究粒子物理的科学家了。

　　阿黛尔的老公皮埃尔，就是那十几个之一。

　　为什么呢？

　　为什么他不告诉师母他送朱箔去索邦的事？

　　坐在花园一般的院子里，朱箔突然要弄个水落石出。

　　两天后朱箔就有了机会。她接到苏和老蠹的一个电话。苏要回国了。走之前，想聚一聚。朱箔有些惊讶，有必要吗？自从公寓搬出来以后，她差不多都忘记苏和老蠹了。他们又不是那种有感情的关系。而且，苏说的"大家"里，包不包括何寅呢？还有小鱼？朱箔想问的，但没问。应该走了吧？朱箔猜。这一回，老蠹倒是不要她带菜了，我和苏都准备了，你过来就行，老蠹在电话里热情地说。

　　虽然不是什么值得期待的聚会，但她还是早早去了——

这些天她总是心绪不宁，在楼下待不住，在阁楼待不住，一个人去外面，在尚叙尔马恩城堡的花园走走，在小镇的街道走走，然后驻足在一个小店门口，看一个盛装的老太太挑杏仁，那些干杏仁长得一模一样，有什么好挑的呢？朱箔不明白。但戴珍珠耳环的老太太挑得全神贯注。女人长长的一生就是这样打发的吗？朱箔看得百无聊赖，索性去苏那儿了。

这一回的菜还是有变化的，不仅有土豆烧牛腩，还有一大玻璃碗红红绿绿的蔬菜汤，还有一碟子切得细长的苏打鱼。这是挪威菜，苏从挪威开会回来后学会做的，老蠹骄傲地说。苏打鱼的做法听起来实在是一个复杂的工艺过程，搞科学的女人，在厨房，也像在实验室吗？鱼的味道有点苦。是苏打放多了？按说不会，用做实验的态度做鱼，至少各种调料的量是精确的。那装鱼的彩色条纹瓷碟是何寅的，朱箔认得。何寅告诉过她，说那碟子是小鱼在巴塞罗那的地摊上买的。她喜欢鲜艳热烈的东西。朱箔还记得何寅说这话时的语气，也像老蠹一样的。有一种压抑不住的骄傲。何寅一个月前回国了，小鱼去了巴塞罗那，他们走之前，把这些碗呀碟呀的都给了苏他们。

回头再给你们，苏对新来的一对夫妇说。这次的聚会还是五个人。

巴黎是一场流动的盛宴，海明威说过的。

"我一般是周六去 Auchan。"何寅在耳边低声说这话的时间，不过一年前，然而于朱箔，却恍若隔世了。

朱箔没喝醉的，然而一个人回去还是不行，巴士末班车的时间早过了。要不，我们陪你走回去，苏说。从公寓走到 Champs sur Marne 小镇，也就半个多小时，来回一个小时。当消食了，苏说。可朱箔不肯。这太危险了，附近的小树林里可有罗姆人的帐篷。要不，你就和我挤一挤，让老蠹睡沙发，苏又说。是因为要走吗？苏对她这么好了。也或许，苏从来没有讨厌过她的，是她自己多想了。毕竟人家是搞拓扑研究的女人。说话行事直接一些。

最后朱箔还是给导师打了电话。

怎么办呢？朱箔问。

我来接你。导师说。

车开到小镇邮电所门口的时候，朱箔把脑袋靠了过去——她打定主意要水落石出呢。导师没有动，仍然专注地开着车。朱箔于是又怕冷似的往导师肩膀下方蹭。

小朱，你在干什么？导师的声音，在夜里，突兀高亢，那是受了异物惊吓的声音，有一种魂飞魄散的悚然。仿佛他突然发现，身边的朱箔，是《画皮》里的女鬼一样。

如果不是那几分伪装出来的醉意，朱箔真是无地自容。

在干什么？朱箔自己也不知道。为什么这世上所有的人，所有的人，都知道自己在干什么而只有朱箔从来不知道自己在干什么？

她干什么来法国？干什么留下来？干什么要用脑袋去蹭一个六十岁男人的胸？

是因为"更好的东西"？她一直想要"更好的东西"的。这错了？

可那"更好的东西"呵斥她："你在干什么？"

那么，之前——还有之前的之前，算什么呢？

第二天，朱箔就离开了导师家。

东西不多，就一个箱子而已，晚上朱箔就整理好了。这么仓促而走，师母那儿怎么交代呢？但她管不了那么多了。导师之后会说出什么？他又会对孙安福说什么？朱箔不管。她现在什么也管不了了。

她下楼时，起居室没有人。导师和师母在院子里。巴黎的天，湛蓝湛蓝的，那棵樱桃树，碧绿碧绿的，导师就坐在那碧绿碧绿的树前，捧着一本书，脖子上系着藏青色围脖，师母站在他身后，弯了身子帮他剪头发。

你脑袋往右边略微歪一歪好不好？

师母在修导师的左鬓，师母说过，她最喜欢看导师的鬓角，所以每次修起来，都像绣花一样仔细。

导师的头发一直是师母在家剪的。师母说，打他们恋爱时就这样，第一次约会在他公寓，两人还没说上几句话呢，导师就问她，你会不会理发？

她哪会理发。她那时连自己的刘海都没剪过呢。巴黎理发贵，一个最简单的修剪，也要二十欧左右，她干脆留起了长发，每回都是长到快及腰了，就咔嚓一剪刀，剪回到齐肩的长度，省事得很。但导师不肯留长发，她游说过的："中国从前的男人，不也留长发？""我是从前的男人？""你看巴黎街头的那些画家，长发看起来不也很有风度？或者扎个小辫？""我是巴黎街头的画家？"他恼了。她被他恼火的样子逗得扑哧笑出声来。想想也是，一个教物理学的大学老师，在后面扎个小辫子，实在不像话。她只好学着剪头发了。一开始她的手艺真是很糟糕的，每次他后颈窝那儿都被她剪得犬牙交错参差不齐的。她从来就不是心灵手巧的女人。但他不嫌弃，就那么梗着脖子露出那参差不齐的头发去上课。后来他们经济条件好转了，已经不用在乎那区区二十欧了，他也不去外面，情愿在家剪，他说已经习惯了。当然，她后来的手艺也很好了，毕竟剪了二十多年，已经被操练出来了。

师母说不厌自己以前的事，可朱箔早听厌了。

你脑袋往左边略微歪一歪好不好？

师母又开始剪导师的右鬓了。

朱箔想上前招呼一声的，就这么走，到底奇怪的。

但顿了顿，朱箔还是蹑手蹑脚地从后院的小门走了。

朱箔去了苏那儿。

苏和老蠹下周不是要回国吗？朱箔打算租他们的房间。虽然房租不菲，但无所谓，此刻的朱箔，没有心情去考虑房租什么的了。

然而，Théo——就是那个整天表情如丧考妣的门房，告诉她，苏的房间早就租出去了，被一个以色列人，那个人是以色列某大学的教授，下个月才来。在来之前的两个月，就租好了这间"看得见风景的房间"。

其他房间呢？即使 C 区的也行，朱箔现在不挑了。

可 C 区的房间也不行，朱箔才知道，在巴黎租大学公寓房是要提前申请的，还要准备齐全各种材料以及担保人的材料，还要有一个漫长的材料审核期。朱箔想马上入住，那是异想天开了。

要不，这几天你待我这儿？苏迟疑地说。

可几天后呢？几天后住哪儿？

朱箔突然想号啕大哭。